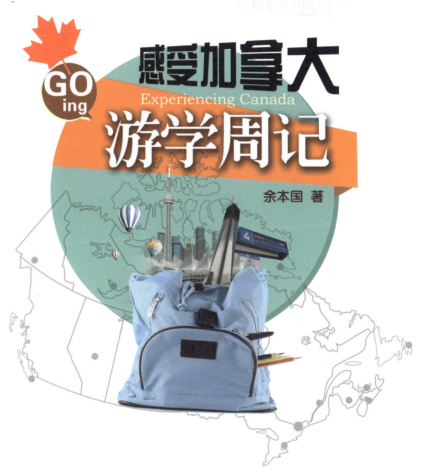

GO
ing

感受加拿大
Experiencing Canada
游学周记

余本国 著

云南出版集团公司

云南科技出版社

·昆 明·

图书在版编目（CIP）数据

感受加拿大：游学周记 / 余本国著. — 昆明：云
南科技出版社，2013.12

ISBN 978-7-5416-7933-9

Ⅰ. ①感… Ⅱ. ①余… Ⅲ. ①游记-作品集-中国-
当代 Ⅳ. ①I267.4

中国版本图书馆CIP数据核字(2014)第003226号

责任编辑：胡凤丽　杨　雪　罗　璇
整体设计：晓　晴
责任校对：叶水金
责任印制：翟　苑

云南出版集团公司
云南科技出版社出版发行
（昆明市环城西路609号云南新闻出版大楼　邮政编码：650034）
昆明天泰彩印包装有限公司印刷　全国新华书店经销
开本：787mm×1092mm　1/16　印张：15.75　字数：200千字
2014年3月第1版　　2014年3月第1次印刷
定价：48.00元

目　录

Send to:
Benguo Yu   416 473-2666
Math & Stats York University
4700 keele ST.
TORONTO   on Canada M3J 1P3

目的地

远行的心情

　　签证一拖就是两个月，离飞加的日期又是如此的近，早期安排的回家一趟，已化为泡影。年关将近，年意浓浓，就此别去，离愁已在漫不经意间爬上了心头，别人在准备着回老家团聚过年，我却在准备着别离，远飞异国他乡！

　　本早该出发了，等待了半年的邀请函于2011年10月底才抵达。赶紧忙着办理公证和填写"IMM1295ENU工作表格及家属表"及"教育和就业细节表"，并于11月7号送往北京巨石大厦加拿大签证中心，递交材料，到12月5号才接到体检通知，接下来是漫长的等待。2012年元月7号才知道签证已经通过EMS寄回来了。为了节省费用，已在12月份就已经预定了元月14号的机票。前几天还在担心拿不到签证，准备把机票改签推迟呢！于是乎匆忙地准备各类物品，应付各种饭局，但终究时间紧迫，不能一一赴约，有的甚至连一个问候、一条短信也未来得及送出。

对于我来说，这第一次出国真的没有太多的感觉，就如同一次出差吧，倒是朋友们送行的话语让我感觉到了一丝离愁。尽管许多朋友说着"一路顺风"，但是还是感谢他们，不知者不怪嘛！坐船可以说顺风，但飞机嘛还是说一路平安合适。高科技颠覆了原本真诚的祝福！真心地感谢各位好朋友们的盛情！

现在就出发！

我所有的行李

航班号 Flight No	计划 STD	终点站 To	变更 ETD	登机口 Gate	备注 Note
	11:55	Amsterdam	12:30	14	
	12:10	Hong Kong		17	
JS152	12:55	Pyongyang		09	
MU8664	13:40	Paris		12	
HU7975	13:55	Toronto			
	13:55	Tc			

等待飞往多伦多

感受加拿大　　　**起航**

　　海航联程航班，太原—北京—多伦多。本来到北京挺早，可航班延误了，晚上11:00多才到北京，等待海航安排好住宿已是午夜12点多了。临近飞机场，噪音很大，耐不住疲劳，呼呼睡着了。

　　出门在外，很神经质的，老觉得落下了什么或者错过了什么。早上7点刚过就醒了，为了倒时差，也该多睡会儿，可是怎么也睡不着。起床到楼下餐厅花25元吃了一顿最贵的早餐，10:00就上车到机场。穿过海关，换登机牌，经边检，过安检，顺利通关。

我100元的饭啊（后来才知道在加国的饭更贵）

不到11点就办完了所有手续，考虑到飞机起飞在两点多，预计飞机上是没有午餐了，赶紧找了个餐厅先垫一点吧。机场内的餐厅那完全是给有钱人准备的，平常在外面最多也不过三四十吧，这里98元，但收费100，另2元是一次性筷子的费用。那也得吃，好歹到了加拿大想吃也没了！事实证明完全正确，在加拿大不仅吃不到还很贵哟。

在飞机上看下面的河流像鸡肠子似的

感受加拿大 初到加拿大

飞机座位上显示屏的信息

自北京出关、安检登机之后，在飞机上漫长的13小时。北京时间14日中午2：05分起飞，到了下午4点多天就已经黑了。迷糊中醒来已经是下午6点多了，看着飞机上的视频显示已经过了佳木斯，直接向西伯利亚及白令海方向飞行，接近国际日期变更线！

不知是坐的时间太长太累，还是生物钟混乱？又迷糊地睡着了，醒来已经天亮，一看表才北京时间夜里11点多，真是黑夜里的白天啊。

终于在北京时间凌晨1:15分（多伦多时间14日下午2:15分）到达多伦多皮尔逊国际机场，跟着人流涌向入境口，又是漫长的排队等候，看着入境检察官边工作边问着问题，想着自己的这蹩脚的英语，心里直打鼓：他在问啥呢？我该怎么回答？该轮到我了，走上前去，递上护照及申报单，努力挤出一丝微笑打个招呼：hi! 对方报以微笑，并对我发问，貌似是问我从哪来，管他问啥呢，直接回答：China! 接下来的问题我也是似懂非懂，好像是问来工作还是干啥，要去哪里，直接回答

"research visitor, I'll go to the york university。"再接下来问的实在听不懂了，只好说："I beg your pardon？"边检官二话没说，直接盖章签字画押放行。通往行李厅的大门时，穿制服的黑人老大叔朝我笑笑，伸手向旁边的另一个门一指：there！抬头一看上面写着Immigration！里面排队的大多是亚洲人。跟着进去，排在前面的是一对六十多岁的老人，闲聊中，老人用嘴巴指着前面的小伙子悄声地跟我说，"这么年轻的小伙子怎么会不懂英文呢？"原来刚才过边检的时候，小伙子所有问题均不会回答。我还以为大爷会英语呢，最后才知道，他也是啥也不会，但边检官啥也没问就放行了！大爷的话让我很汗颜，因为我也是蹩脚的英语啊！

在出国前因为约好了房东来机场接我，30加元。其实算一下，30加元挺贵啊，快200元人民币了，不堵车也就是20多分钟的路程！出了机场，就没有找到公用电话，其实就算有我也没法打，没有加国的硬币啊。正想找个机场商店兑换点零钱，刚好碰见一个小亭子，看那英语单词估摸着是预叫出租车的，里面有个穿着制服的黑妹，心底莫名的激动，因为临出国的时候儿子一直说回去要带个小黑妹妹给他！直接上前用英语打招呼说："Would you do me a big favor？I want to give my friend a call…"黑妹拿出自己的iphone4问我"which number？"还好，这句我听懂了，赶紧拿出之前记的号码，6479676738。不一会黑妹接通告诉我说，对方是房东家女儿，她会来接我，并把电话递给了我。我们约好了在32号站台等，并告诉我车是红色的，车牌号码是281！我谢过黑妹，直奔32号站台。

房东家姑娘叫艾米，十多年前从台湾台南来加拿大，她爷爷就是在台湾出生的，也算是老台湾人了！一路畅通，直接开到了她家的出租房，提上行李进屋，一位50多岁的女人出来了，艾米给我介绍说这是李太太。怪别扭的，不直接说是她妈妈，给我说是李太太，我还真拿不准艾米是不是她妈亲生的呢！开始以为她们家也住在这里，听她把房间的情况介绍完才知道，这栋房子里住的都是租客，每人一间，卫生间或公用或独立，厨房公用，租金也各不相等。我的房间向阳，不到20平方米每月450加元！水电暖网齐全，房东全包！这里的电好像很便宜，做饭、洗衣、烘干全靠电！因初来乍到，不了解情况，想着先住上一个月再说，看看有没有再便宜一点的房子。房东倒是好说话，我说没有带那么多的现金，能否先支付一个月，同意！但是房东也表明了态度，租期至少三个月，因为这个季节已经开学了，如果只租一个月，她就要受损失。

找房东要了网络密码，赶紧把手机wifi连接上，用"通通电话"给家中报了个平安，高科技就是高科技啊，不用手机号码也能打电话！其实在加拿大没有手机也是完全可以的，免费的网络到处有，比方说肯德基、麦当劳、酒吧。拨打全北美的电话，无论座机与手机，直接使用gmail即可，拨打国内的座机或手机号码，直接在智能手机装上"爱聊"或者使用skype即可。

我的不到十几平方米的小房间，每月＄450

成长哲学

【成功交际的八大定律】

1. 首见效应：首次见面给人好感觉；2. 诚信定律：热情是焦点，真诚是最高点；3. 赞美定律：善赞美能博得人心；4. 面子定律：给人面子才好交际；5. 谎言定律：善意谎言助交往；6. 忍让定律：忍让能创和谐；7. 异性效应：男女具互相吸引力作用；8. 互惠定律：让对方产生"负债感"。

整理完行李就是下午六点多了（当地时间14日下午六点多，北京时间是15日早上7点多，时差为13个小时整），天渐渐暗了下来，之前帮我预订房间的西安交通大学的博士研究生（联合培养）杨友苹过来看我，我们同在一个系，为了表示感谢她帮我找房子，决定晚上请小杨小撮一顿，也好犒劳一下我的胃。按照房东李太太对周边环境的介绍，不远的地方有个华人开的自助餐厅（说是不远，但也有一二公里），不算很贵，我们就选择了那个地方。餐厅经营地道中国菜，几个服务员看着像中国人，一打听来自福建，邻桌的一对年轻男女对我们很是感兴趣，一直注意着我们，我没听见他们说话，看样子应该也是中国人，要不就是日本人或者韩国人。自助餐每位＄17.99，先用餐后结账，跟国内结账方式没有差异，但是跟国内不同的是除了每位＄17.99之外，还得加13%的税，合计＄40多一点点。自打学英语开始，就知道在国外吃饭不仅是AA，而且还要给小费，我正在跟小杨合计是不是还得给小费，该给多少呢？刚好过来一老外，想向他打听一下，可老外也是耸耸肩说不知道！干脆把福建小妹叫过来问问，小妹笑笑说要给总消费的10%，小费＄4！走在路上一换算成人民币，心痛的，两人一顿就吃了260多元！纠结的自助餐，纠结的小费！

晚上回来已经快9点了，坐了一天的飞机，很是困乏，拿出自带的被子，铺好床铺，才发现没有枕头，幸好带了三本大块头的书，书上虽然没有说书可以做枕头，但是书上说过，书中自有颜如玉啊，枕着书香入梦吧！可能是星期六吧，其他房客玩得挺晚，12：00左右才陆续回来，这里的房屋大多是木板房，隔音效果奇差！醒了就再也没睡着，折腾到3点，不过还好，HTC手机自带的facebook程序以及twitter能注册使用了，时间就这么到了早上5点多，生物钟已经完全混乱，迷糊中睡着了，直到第二天早上7点多才醒来。

成长哲学

【领导三要素，关怀、时间管理、充分授权】

1. 关怀：如果你不关心别人，就无法成为优秀领导人，唯有如此你才能诱导出别人最好的一面。2. 时间管理：1/3时间解决企业各种疑难杂症1/3时间规划新计划1/3为公司代言和宣传。另外还有时间陪家人，以及休假。3. 充分授权：了解授权的艺术才能长治久安。

感受加拿大 无题

　　本来早就想写点东西出来，在加拿大每天都遇到许多新鲜的事情，感受颇深，但我的小黑thinkpad×220一直不给力。来了之后一上网才知道，除了QQ能打开，其他与腾讯相关的网页，如QQ空间、QQ微博、QQ城市达人等等都罢工了，还有经常使用的新浪微博网页也莫

看对面排队上车，这边什么都靠自觉排队

这便是village，少有人迹，除了学生

我所住的house——9 Kidd te，就是房门上写着套房出租的这个

名奇妙的打不开。好容易QQ主程序能打开，可视频、麦克风又不工作了，真是很恼火。提醒准备来加拿大的各位，出来之前最好把你所带的东西检查一下，看是否都能运行正常，等到这边来维修会把人急死的，我带着电脑去维修点，说要等5个工作日才能检测完，不是5天，是5个工作日！还不包括软件，若是系统出问题，对不起，再掏＄100购买软件！这边的工作效率真的让人难以接受！

成长哲学

【一生要做的几件事情】

一、管理好自己的身体。二、管理好自己的情绪，正面思维。三、服务好自己的家庭，让家人生活幸福。四、做好本职工作，做一两件特别完美，石破天惊的事情。五、交一批价值观差不多的真诚的朋友。六、尽可能地帮助他人。

感受加拿大 在加拿大采购

　　今天准备搭乘公交去超市购买生活物资。多市的公交公司基本分两类，通俗地说就是红色公交车和绿色公交车，当然它们之间的车票是不能通用的。绿色公交Viva票可以一次买10张，共＄28，要是零买那就贵了——每张＄3。并且用这种票你在2小时内乘Viva公交公司的车都是免费的，Viva主营郊区。加拿大国土面积号称世界第一大，但人口稀少的出奇，三千三百万，郊区就可想而知了，所以公交站点很少，每个站点之间少说也有个几公里。

　　本次活动地点是超市——Walmart（沃尔玛）。听小杨说，这边沃尔玛的东西相对来说要便宜。当然看什么东西了，有些东西并不比国内便宜。像咱们这"老外"买的东西估计还是想接近自己在国内的生活习惯的用品，特别是吃的方面。在沃尔玛附近就有中国人的超市——大统华。在大统华里面，大多都是中国人，真正地体会到了在加拿大你不会英语，生活一样可以无忧无虑。在约克大学校园内，就连满地可银行（BMO）都有中文服务，估计这也是中国人最有优越感的地方之一了。大统华里面的东西真是齐全，就连"老干妈"的辣酱以及"饭扫光"都有卖，更别说其他的了。

在两个超市里小心地挑拣着生活用品，当然价格是第一眼要看的，时不时地还要换算成人民币来衡量一下。锅碗瓢盆就在沃尔玛买了，吃喝的就在大统华选购。正在发愁这么多东西该怎么提到车站再怎么回到家呢，恰巧碰到了在York University做博士后的Yijun Lou，听小杨说，他已经移民加拿大了，刚好他自己开车来大统华采购，真是吉人自有天相！

这种汾酒在这边卖＄26.95，也就是160多元人民币

国外的"酒店"（专门卖酒的店铺，简称LCBO）很难找见，不像国内，是个店就可以卖酒。这里酒店经营的品种相对来说也比较齐全，但是价格也不便宜。传说中的冰酒很贵，不过确实是我喝过的葡萄酒中口感最好的！看着那价钱只能是远观啊！中国酒在这也有卖，不过品牌就很少了，茅台据说是卖完了，上架子的有汾酒和北京红星二锅头，不过在这里卖得特别贵。我特地买了一瓶白葡萄酒，＄10.95！结账时碰见一个看似高中生年纪的男生也在买酒，收银员让其出示身份证件！这点确比国内有进步！

这就是北京红星二锅头＄19.95，也就是120多元人民币，还准备再拍几张呢，营业员说不可以拍照，收拾走人！

感受加拿大 在日本餐厅用餐

2012年1月16日

今天办了满地可银行卡（Mentreal Bank，简称ＢＭＯ）。要不是小杨当翻译，真的不知道该比画多少次，得打多少手势。我真正地意识到尽管中文在这里可以让你的生存没有问题，但是要想更深层次地交流和融入这个社会，那还是必须会说英语，当前的任务是务必提高英语听说能力。

办完卡十一点多，该是午饭的时间了。我们准备就在校园内的york lane（类似于中国的步行街，或者是校内比较集中的生活服务区）餐馆吃饭，小杨说这里有一家日本餐厅，算是比较接近中餐的了，其他的都是西餐。这里的一切都是靠自觉排队，尽管我也知道要排队，但是还是犯了错误。【小杨说她已经带了饭在办公室，她回办公室吃。Ｙork University许多教师中午都不回去的，研究生也一样，都是直接带饭放在办公室，学校的各个部门都设有微波炉室，提供给教师们热午饭】我到日本餐厅的时候没什么人，也不用排队，就跟餐厅师傅用蹩脚的英语说要一份蔬菜炒饭，说完看他们在准备，我就坐在旁边的餐桌上等，

满地可银行卡

带有这种芯片的银行卡在消费场所比较安全，就算丢失了，别人捡到也没有用，因为需要输入密码，但是像国内带过来的那种只有磁道的银行卡片，如中国银行的环球通长城卡以及工行、建行带有visa或者mastercard标识的也可以在这边的pos机上使用，但是不需要输入密码的，它直接从你的账户上就把钱划走了，听起来很害怕吧，所以这种卡一定要收好，丢了可就麻烦大了！

人越来越多，5分钟过去了，我看后来排队的人都已经吃上了，怎么我的还没有端上来呢？再次回到第一个窗口，问问师傅，人家也知道我的英语水平有限，连比带画地说在里面的窗口取，我从队尾跑到队头找我的饭，服务员叽里呱啦的一堆，总之是没有听懂，旁边的一个外国学生给我解释了半天，我还是云里雾里，最后总算听到一个单词line，估摸着是要排队取，于是老老实实地排在队伍的后面，我从No.1排到了最后一个。轮到我的时候，就见服务员很熟练地从里面旁边的柜台上取出我的蔬菜炒饭，连问都不问是不是我的，就直接推到我的面前，我才明白我的饭早就准备好了，就是因为没有排队，硬是把我的饭放在了一边！要在国内，咱看都不看，直接走人，我是来消费来了，顾客是上帝么，这算啥呀！再次感觉到国内的服务真好！！在这里算是丢人了吧，英语没学好的过！在这里说英语可能不会有太大的问题，只要你懂得的单词足够地多，你怎么表达的不对，别人也能从你的英语单词里知道你要干啥，关键是听，要懂得别人在说啥，这才是至关重要的。突然想起了葛优演的电影《不见不散》，"举起手来，趴下，别动"要是这些词听不懂，估计你就玩完了。

它是这家日本餐厅Sakura，偷偷地拍了张照片

 感受加拿大 中国人的数学

前面已经说过，仅凭中文在加拿大生活是一点问题都没有的，就连在约克大学里的银行都有中文服务。据我不完全统计，估计在约克大学的中国留学生应该有上千人。

其实在机场来学校的途中，艾米就问我是学什么专业的，她告诉我，世界上数学学得最好的就是黄皮肤黑眼睛华人，哪个学校教数学的都大多是中国人。看来艾米没有骗我，昨天下午跟着小杨去了一趟她的办公室，一共四个人，都是搞数学的，竟然全是中国人。下午2:30跟着去听大牌教授吴建宏老师的研究生班的课程，吴老师是华人，含吴老师加我这个"旁听生"在内16人，其

成长哲学

【五球】

我们每个人都玩着五个球：工作、健康、家庭、朋友、灵魂。这五个球只有一个是用橡胶做的，掉下去会弹起来，那就是工作。——另外四个球都是用玻璃做的，掉了，就碎了。

中就有12位来自中国，可见中国人在这里的数学圈里面占到了多大的比重，估计诺贝尔当时不设诺贝尔数学奖不是因为他妻子的问题，是怕这个奖项像乒乓球一样都被中国人给独揽了！

今天也约好了跟朱红梅老师在她办公室见面，朱老师生于南京，长于山东，今年40，一直忙着读书，她女儿今年才四岁，比我家的还小两岁。她带我在系里转悠了一圈，确实不少是中国人，看那门牌上的签名就知道。可能是因为我面相的问题，许多老师把我看成是学生。系里的大秘书是个很胖的女人，说办公室还没有准备好，暂时先安排可以进出研究生室！

这是个小教室，桌子围成一个圈。第一次听国外研究生的课，偷偷地拍了一张

17

感受加拿大 五花八门的通讯公司

2012年1月18日

要想扩大交际面，怀揣手机是必需的。当然用 Email来沟通也是可以的，在加拿大许多访学就是这么做的，不仅用Email，而且QQ也是必备的沟通工具！但是这些太滞后了，有时还会误事。今早一起来就给朱怀平老师发邮件，想约他上午十点在他办公室见面。九点半左右我就去了一趟他办公室，结果吃了闭门羹，只好安慰自己国外很守时的，自己提前到了。于是在图书馆溜达了一圈，到十点左右又去办公室转了一圈，依然不在。因为这里是走读学校，想着老师们可能都离学校比较远，晚点也正常，于是十点半再来一趟，还是不在！只好打道回府。

这几天以来一直在倒时差，当地时间下午两三点的时候异常的瞌睡，到了晚上12点异常的清醒，直到清晨六七点，再加上这边没饭馆可下，回到家里就赶紧做饭，把自己喂饱，要不本就飘摇的身体，回国就剩下皮包骨头，那就更"玉树临风"了！

吃完午饭已经12点了，打开电脑收到了朱老师的Email，说是大约11:00能到办公室。我晕呀，才进家门把饭解决了又得跑学校。于是感觉到手机卡是务必要办的，按照房东李太太和对门小董的推荐，看好一款 "speakout" 卡。国内手机卡资费很便宜，而且办起来也很简单，只要你出钱就能办到，尽管要求实名制，但是许多营业厅都有办法，几分钟就能搞定。可在加拿大很是费劲，有些套餐双向收费不说，一分钟0.25加元，sim卡另收10加元，套餐多得让你眼花缭乱，通讯公司也是五花八门，比方说我想办的这家 "speakout"，公司就很小，而且有时候听说信号还不是很好！并且手机大多是签约的，签约一两年，手机是送你的，当然手机也是很地方化的，像小董的手机短信可以发，但是只能发字母，没开过洋荤，对不起，中文不支持！

为了这手机卡，下午独自跟着手机导航步行六七公里来到Janefinch mall，先到写有中文招牌的 "建兴超市"，一打听没有！只好回到mall里，手机运营商倒是不少，什么fido、chart、reoger等，几番比画，总是觉得不合适。最后来到一家商店，品牌比较齐全，各种手机卡都有，但是却没有我要的speakout，看着fido与另外一款还不错，一边看一边跟老板用蹩脚的英语沟通着，告诉她我来自哪里，是干什么的，正当我看中fido时，老板告诉我需要ID才可以购买，我不知道她说的ID是不是所谓的身份证的意思，我就问了一句这款是不是不适合我，人家很坚定地回答："yes！"还好老外比较老实，要在中国，管你合适否，先让你掏了钱再说！我只好无功而返，等着系里的Steven Chen给我捎一张吧。

说起Steven Chen还是很有故事的。前一天朱红梅老师带我去系办认识办公室的各位老师时，把我搞得很尴尬，没人搭理我，看见我就像看见空气一样。一般老外不管认识不认识，只要眼睛一对上，人家就会hi

一声或者给你一个微笑。可这位华人Steven Chen根本不瞅我。后来又进来一位女教师，中国人，大家在一起寒暄着，朱老师介绍我是从国内刚过来的访学，对方说还以为我是新来的学生呢！看来面相很重要，有时候还是老点好。

今天下午去见朱怀平老师，刚好又碰见Steven Chen。昨天的手续还没有办完，办公室还一直没有落实，他见了我礼貌性地问了一句办公室有没有落实，顺带问了一句，是否有手机号码，我说还没有。他告诉我说最好办speakout的，比较划算，我说我也正好准备

这边的学校公寓，有单间、两室一厅、一室一厅等，都有独立的卫生间、厨房，这是单人间。单人间有书桌、书架、沙发、桌椅等。

办这个卡，就是不知道哪里能办，Steven Chen很意外地说出了我非常想要的结果："我给你捎回来吧，周边可能不好办，人生地不熟的。"那一刻心里暖和多了，看似很不友好的人，有时候也是真的能为你办事的人！真可谓人不可貌相，海水不可斗量！

成长哲学

【错误三种】

一是因经验不足犯的错误；二是因能力不足犯的错误；三是因道德缺陷犯的错误。同样的错误，犯一次是经验问题；犯两次是能力问题；犯错误是为了损人利己，是道德问题。犯经验不足错误的人，要给他改正的机会；犯能力不足错误的人应马上调换工作；犯有道德缺陷错误应果断处理不留后患。

这个床设计的比较有意思，把那个木板转过来放下，就是沙发，翻上去就是床！

再看看我这床、桌子，简直没法比，我租的是house，月租450加元，不到20平方米，厨房大家共用，卫生间2人共用；公寓单人间大概也就20多平方米，样样齐全，不过租金嘛稍微高了点，700加元！

这是厨房，不过这里的厨房不是按照中国人的习惯来设计的，中国人做饭时比较讲究的，火大油烟也大，不像国外人吃点烘烤就可以了。她这儿的厨房没有抽油烟机，中国学生在这儿一做饭，动静大点，油烟散不了，房间内的报警器立马开叫，新入住的人不知道咋回事，等明白过来，消防车早已经赶到了，你就等着交钱吧！

感受加拿大 感受本科生课堂

2012年1月18日

　　今晚去听Burns老师的《线性代数》。因为我在国内一直就教这门课，很想听听这个国际学校的老师们是怎么讲这门课的。

　　这门课排在每周三晚上7：00至10：00，三个小时。作为旁听，我早早地就赶到了，6：30到教室就看见一个貌似亚洲年轻人在上面讲课，下面学生不是很多，偶尔大家还在一起交流、探讨。

　　Burns老师是个很有意思的老头，昨天在邮局办理保险的时候碰见过，朱红梅老师就给Burns介绍，说我在国内也教这门课，想听听课，老头子很高兴地答应了，并且告诉我说，教育那帮臭小子需要带根棍子！

　　我还在纳闷今晚的课到底是不是Burns的"线代"，因为马上就要到上课时间了，可这位学生模样的"老师"还在讲台上滔滔不绝地讲着什么。我向旁边的同学小心翼翼地问着："Tonight is Linear Algebra here？"对方看着我说："是的，老师还没有来。"搞得我很尴尬，我跟她用英语，她却用中文回答我。

一番交谈后才知道，她来自太原外国语学校，已经大二了！

我没有想到，在York University这样一个国际大学里，坐我旁边的同学竟然是跟我一样来自太原。

这是这个教室的课表，墙面是没有粉刷，原汁原味的水泥墙。

世界真的很小！It's the globe village！

七点，Burns正式登场，打开计算机做好上课准备，并在讲课之前讲了一大段话，从语气上判断，是在严肃课堂纪律。其实从整个上课气氛来看，课堂不算活跃，但是还算安静。国外的课堂是很随意的，进出比较自由，但是学生还是比较自觉，动静不大！最大区别就是国外的课堂学生可以随时发问，老师也会随时停下来给你解释！

今晚三小时的课，前后两个小时上课，中间一个小时小测验。试卷发下来学生们都是扣在桌面上，我悄声地问为什么大家都不做呢，学生告诉我，老师没有说开始呀，也没有允许现在就可以看题目呀！我很愕然，学生的诚信可见不一般。有没有抄袭的？有！坐在我前排的也是两个中国留学生，一男一女，我就看见女同学一直在瞥男同学的答题卷！当然其他人有没有抄袭，没看见，不敢妄下结论！

Burns上课不板书，全部用投影，直接在纸上写，在我看来，他上课的节奏有点慢，半天一句话，感觉也是在照本宣科，因为没有教材，没法核实。

看助教在讲题

感受加拿大 校园里的free

ALL OUT FEBRUARY IST
NATIONAL DAY OF ACTION TO
DROP FEES

Ontario students pay the highest tuition fees in the country but receive one of the lowest qualities of education.

Doesn't sound fair does it?
On February 1st, students from coast to coast will hit the streets and demand lower tuition fees, better funding and measures to help alleviate the ballooning student debt crisis.

Be part of something big. Join the student movement.

**ALL OUT FEBRUARY 1st
10AM VARI HALL**

2012年1月19日

每天在Ross Building里穿行，总见一些在过道里摆摊兜售小玩意儿的人群，看似学生，但又有些像小贩，从来没有认真仔细看过，加上交流不佳，所以一直没有闹明白。今天又从那穿过，多看了一眼，摊子上小伙子马上给我认真地介绍了一番，尽管我什么也没有听明白，但还是故作镇定认认真真地听他说完，然后拿起一本学生联合会的日历记录本，问他how much？ "Free！" ——免费！要的就是免费！填写完表格，也就是签个名留下Email，对方又问了一句 "need a notebook？ Free！" 刚在家里还想着要去买个记事本呢，这不是免费送上门来了么，赶紧来了一句 "thanks！" 看来以后这里得多关注一下，说不定就有意想不到的收获！

开始不知道这是干啥的，回来仔细一看是一个学生游行活动，抗议高学费……

免费拿到的日历本和记事本，就是这两个兄弟送我的——free。

感受加拿大 悲催的维修服务

已经有16天没有上网了（当然手机上不算啊），这源于悲催的维修服务中心。现在只好拿朱老师的小黑先用着了。

从到加拿大没多久，我的小黑thinkpad×220笔记本的视频和麦克风就罢工了，要是在国内也就算了，但是在这边没有麦克风那是件很可怕的事情，因为像我们这样出来的访学，基本靠的就是笔记本上网联络，不要紧的就QQ或者Email留言，有些事情一句话说不清的，就可以使用QQ语音，再就是可以使用Gmail打免费电话，Gmail对加拿大和美国地区是免费，但是对国内暂时还不通，给国内打基本都是skype，在网上购买点数，一分钟几分钱很便宜。上周就因为没法使用笔记本麦克风，晚上接了个电话，让我的手机剩下几分钱，差点停机，＄25就这样被接电话用完了（因为我在这边的电话不会很多，所以办理了打接都是＄0.25的套餐）！我决定送我的小黑第二次去维修中心，第一次就因为需要五个工作日，我嫌他们工作效率太低，没有留下，中外，我认为可能是软件的问题，若他们检测出来真是软件的问题，他们会照样不管，因为软件在这边维修是很贵的。回来借了杨tx的一张win7，把原来的覆盖掉了，为此还专门掏了$40买了个光驱，等我把所有的驱动下载全并安装好才发现根本不是软件的问题。这次没办法只好再次送到维修中心。这次前台告诉我不再是五个工作日了，而是十天，十天就十天吧。漫长的等待。

成长哲学

【幸福逻辑】

1.爱所有人，信少数人，不欺负任何人。2.需要撒谎时尽量沉默，不得不撒谎时尽量不伤害别人。3.当我们做对了时没有人会记得，当我们做错了时自己不要忘记。4.幸福就是好的身体加坏的记忆。5.最酸的感觉不是吃醋而是没权吃醋。6.人生像杯茶，不会苦一辈子，但会苦一阵子。

从蒙特利尔、魁北克回来后，第八天了，实在憋不住，给打了个电话，说是没有搞定，那再等等吧。第十天了再打，还是没有，让第二天再打。也就是15号，电话打通了，叽里呱啦一通，我没有听明白，我说："I cann't catch you,can I take back my laptop tomorrow?" "yeah, you can."我还以为修好了呢，但是有点怀疑，因为要是修好了，应该不会跟我说那么多废话，回到办公室赶紧让Xiangsheng帮我问问到底啥情况。一通交流后才知道，情况比我想象的要糟糕得多。原来我的笔记本最多一周就完事，但是由于送货的人送错了两次配件，导致我的笔记本迟迟没办法处理，每送错一次就要重新在网上预订一次配件，这时间TNN的只有这帮pig能等的起。我已经无话可说，再次打电话跟他们交涉，维修中心说这与他们没有关系，是联想送错了配件，他给了个电话让我找联想，800打过去，听对方英语不溜，估计是法语区，反正听着别扭，也听不懂，我就赶紧把我的意思表达了，中心意思只有一个：谁来为我的损失埋单！最后再让Xiangsheng接电话，一听是说他们管不了，不负责这个！再次打电话到维修中心，又给了个电话，打通一个意思，踢皮球！

悲催的加拿大售后服务啊，错一次可以，错两次这个概率也太小了吧。不过上大学的时候概率老师也说过，小概率事件也会发生，倒霉的事就发生在我这里了！

很是怀念国内的服务，包括餐馆的服务。并不是国外的一切都如我们在国内想象的那样的美好，这里的月亮也有残缺的时候，当我们在抱怨国内某些地方不如人意的时候，就想想我们还有许多地方比他们强得多！

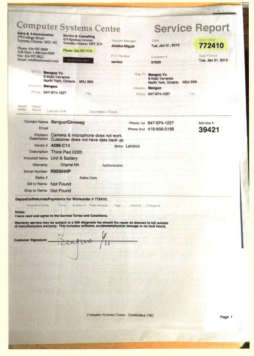

我悲催的维修单，你到底让我等多久？

感受加拿大 复印教材

　　复印书跟盗版书一样是违法的，但是这不能说就没有人去做这个事情。在中国有，在加拿大也有。

　　教材在这边太贵了，不是一般的贵！差不多点的书都是上百加元。不知道老外干吗要把教材编的像辞海一样，厚厚的，跟国内的教材简直不可同日而语。就拿《线性代数》来说，国内是薄薄的32开本，讲的都是精华啊！可老外的线代，厚厚的，至少有国内的四五本那么厚，而且还是大开本，有B5纸那么大。

　　据复印店老板讲他自己是个老华侨了，来自黑龙江，夫妻俩大概不到四十岁的年纪，两人经营着这个复印店。复印店不在学校内，离学校有一段距离，在一个mall里面，生意比较火，主要是针对学生复印教材及文献资料，而且复印的都是大部头。许多的书复印后他那里就有了底板，像我要复印的这本线代，他一拿到手就说好像他这里有。在学校里面也有复印店，但是听说很贵，另外学校不给复印整本书，但是我在学校书店的地下室里却发现了许多影印教材，价格也不菲，稍微比外边便宜一点点，难道这是授权许可的？在这家老华侨复印店里你可以自己

看看这教材的厚度吧

利用他的机器复印，也可以交由他们替你复印，当然你要知道这边的人工费是很贵的。餐馆里给你端盘子的服务员的小费一般都是按照你消费的10%支付。我这本线代因为他这里有底板，所以便宜了点，按照＄0.065一页计算，要是他们替你复印一页就是＄0.07一页，自己复印就是＄0.05一页。整本线代复印下来打了个折＄39，另外还复印了一本《Digital Image Processing》（信号图像处理）的前5章，＄19。

这本《Digital Image Processing》实在是生涩难读，只好在国内亚马逊网上找了本中文版。朱老师听说后让我多买一本，觉得国内的教材便宜，也好中英文对照一下！

复印是一个不错的买卖！

成长哲学

【人生的三重境界】

1、人生三为：敢于承认，敢于担当，敢于面对。2、人生三乐：知足常乐，自得其乐，助人为乐。3、人生三错：苛求圆满，追求完美，求全责备。4、人生三变：绝处逢生，乐极生悲，无事生非。5、人生三幸：衣食无忧，身心健康，亲情无限。6、人生三友：真心爱人，真情朋友，真正知遇。

感受加拿大 图书馆

上午在图书馆看了会儿书兼转悠，来得晚，快11:00了。一层基本满座，直奔二层，二层还没有来过呢，体验一回！

二层环境看上去要比一层好多了，一层全是一张张的六人座大桌子，桌子中间有供手机、笔记本电脑使用的电源插座，还有台灯，而二层大多是一个茶几围上一圈沙发，更适合于group讨论，但是这里却写着"保持安静"。在图书馆里，让你觉得不看书都不行，优雅的环境，看看周围的人都在认真地学习，那学习氛围是"浓浓"的！在这里做一名图书管理员或许也很惬意啊！

学习不仅可以在图书馆，还可以在教室外面的过道里，就是连图书馆的角角落落里，也被爱学习的学生们"霸占"着！在这里他们是那么的随意，找个空地，把书包一放，席地而坐，一本书一支笔，可以独自一人自我陶醉，不必在意别人怎么看，其实别人也不会怎么看，你甚至可以趴在地上看书写字，可以放心这地面，非常的干净，不知道是保持的好，还是勤打扫的缘故，或是这边的空气质量以及环境确实干净吧，有待考证！

在这里你可以左手一杯热咖啡，右手一块比萨，肩上斜挎着书包，胳膊里再夹个笔记本，就可以大摇大摆地进入图书馆，在知识的海洋里徜徉。现在很是向往学生时代！

这位黑人兄弟一上来就在这呼呼大睡了，很是羡慕睡觉的速度，没几分钟啊，呼呼了……

黑兄走了，美眉们见我这儿有空，就笑着坐下了。偷拍一张……

成长哲学

【十大忠告】

1、买个闹钟，以便按时叫醒你；2、如果你不喜欢现在的工作，要么辞职要么闭嘴；3、学会忍受孤独；4、走运时做好倒霉的准备；5、不要像玻璃那样脆弱；6、管住自己的嘴巴；7、你失掉了机会，自有别人会得到；8、若电话老是不响，你该打出去；9、不要草率结婚；10、写出一生要做的事，常拿出来看。

31

感受加拿大 OHIP & SIN

　　约好了今天去downtown办理社保卡SIN（Social Insurance Number），带上所有的证件，兴许还能把医保（OHIP）也办了。

　　上次来逛街的时候就发现了Service，直奔College St.Ontario Service，人不多，排队拿号，但工作人员说SIN不在这里办理，在不远的City Hall。Qin Wang提醒我看看能否在这把OHIP办了，负责排队打号的"阿姨"看了我的房东协议和护照说，不知道是否可以，可以试一下，并给了我一张表。5号窗口，接待我的是位帅哥，我双手递上表格及护照，帅哥接过去看了一眼："address！"我忙找房东协议，因为那上面有房东签署的地址，按照这边的办事规则，一般是拿银行对账单，也就是银行邮寄给你的对账单信件，这个信件算是个有效证明，可我才来三周，加拿大人的办事风格你懂得，顺手可以办的事情，你也得等上三五个工作日，不是三五天啊！这对账单听说没有一个月是下不来的，所以我当然是没有了！Qin Wang向帅哥解释着，开始帅哥说不可以，当我把房东协议以及大学邀请函递给他的时候，帅哥仔细瞅了一下说："OK，maybe！"原来办事很有原则的老外，也是可以通融的哈！在其他几位被折腾了好几趟的留访人员看来，我容易的也太不可思议了，但是不可能的事情却在这里可能了！

City Hall位于Queen St.与Bay Ave附近，我们正在大街上抬头仰望着几座大楼，希望能看到City Hall的标牌，但一个不是很起眼的碑座写着"Old City Hall"就在跟前，建筑很是古老，不像是办公的地方，很像博物馆，进去后，貌似警察或者保安的黑人大哥很是热情，知道我们的来意后，特地出门，绕过大楼到街道上给我们指认现在的City Hall，很是感动啊。

办理SIN很是简单，排队就成。其实我也不清楚办理这个东西有什么用处，听说是为了回国返税用。办理OHIP和SIN都是免费的。管他是否能用得上，先办了再说！

SIN也办完了，就简单地问问家庭成员

OHIP办完了

咱们在找 City Hall，但是Old City Hall就在身后

唐人街，龙城？名字如此的熟悉，龙城大街！过年当天的午饭就
在这个龙城的三层解决的

唐人街街头理发店价格表

街头随拍，发现一个电视台
创意广告，以前在网上见
过，这次亲眼在这里看见了

 **Coffee House**

　　因地质大学的王老师下周三要回国了，大家约好今晚在coffee house
相聚，我不知道他们为什么把这个教堂North Minister Baptist Church称作
coffee house。按照规矩，potluck！

　　参加这个教堂周五晚上活动的大多是约克大学的中国访学以及留
学生，留学生多是博士及博后，本科生没见过，还有一些附近的华人

快开饭了，百家菜，看看谁带的菜先被吃光

小美女看见没？对我的相机可感兴趣了，可亲了啊，两岁多

移民，西方人极少。尽管多是华人，除了私下交流，但大家还是以英语为主，有时候私下交流，碰到不会使用中文词汇，他们也会使用英语表达，对于他们来说英语已经习惯了。有时候确实这样，上次去Blue Mountain滑雪回来，跟老外说了句"have a good day！"老外竟然问中国话怎么说，一下子真把我们四个中国人给难住了，"快乐的一天？"

成长哲学

【情绪的自我管理】

1、人愤怒的那一个瞬间，智商是零，过一分钟后恢复正常。2、人的优雅关键在于控制自己情绪，用嘴伤害人是最愚蠢的一种行为。3、我们的不自由，通常是因为来自内心的不良情绪左右了我们。4、一个能控制住不良情绪的人，比一个能拿下一座城池的人强大。

和这里的老大David来一张

王老师及教堂主持人Ling（我也不知道她是什么头衔：每次学习活动都是Ling主持）

太僵硬！再说了国内也不这么说呀，最后实在勉强应付，总结了一个字告诉他："爽！"

因今晚新加入的人比较多，像我这是第二次来也算是新人吧，大家挨个上去做自我介绍，都用英文，轮我时，我悄声地问David："Can I speak Chinese？" "Of course！"我的开场白就开始了："大家好，我的英文不好，我就用中文吧，My English is very poor, I can't express myself very well, so I'll speak Chinese！"下面一片哄笑。

这个教堂的活动一般都是提前安排好的，提前好几天就开始发邮件通知活动内容，只要你准备参加，他们会有车定点接送。这里的活动很随意，妈妈们常带着孩子们来参加，这里虽然小，但是有孩子们的活动室，摆有简单的玩具。7:00左右晚餐开始，大家拿出自己带来的菜，排队打饭，你要是做菜高手，就可以在这里一展身手了。饭后则是几个人围成一桌，一起讨论topic。在我的感觉里，对于我这样初来乍到的，

先来个小合影

感觉还不错，至少是学习英语的一个好环境，对提高英语的听力很有帮助，还能学到一些英语知识，如："I fast twice a week and give a tenth of all I get." 这个句子中的fast，Ling给我们分析解释说是"禁食"的意思，尽管我们学过，但是不常用也就忘了，只记得是形容词"快的"而已！

晚上回来没有坐车，大家相约一起步行回去。一路上大家闲聊着，从大学时代的卧谈到张震讲鬼故事，最多的还是谈到了咱们住的village的安全问题，或许听起来比较骇人听闻，但是这些事情却真真实实地在这里发生过。中国的留学生在这里住的也不是很好，住地下室的大有人在，约克大学的大多数华人留学生及访学就住在这个village里，

自我介绍开始了啊，今天的主角，地质大学的王老师

Jun Ge

济南大学Shouhui Zhang

但偏偏这个区域最不安全，据说变态的有之，抢劫的有之，甚至直接撬门入室抢劫，就因为安全性差，连保险费都比别处贵，尤其车险！

在这个coffee house里，我们可以感受到家般的温暖，还可以相互学习，结识华人朋友，扩大自己的交际圈。一个不错的活动中心，要是能有真的免费coffee就好了！

右边的移民了（*with a baby*）

成长哲学

【企业管理转型的趋势】

1. 过去用员工的体力，未来用员工的脑力；2. 过去靠员工加班，未来靠员工创新；3. 过去靠老板魅力，未来靠契约精神；4. 过去靠金钱团结，未来靠使命凝聚；5. 过去靠经验管理，未来靠流程复制；6. 过去靠能人专制，未来靠系统运营。

备注：

在北约克，黑人聚集区，2月19号听说了学校的360大楼发生枪击案，这里就再补充一下安全问题，下转发几条微博为证：

@约克论坛：【周六早晨约克大学宿舍楼传枪声 所幸无人受伤】周六晨6点45分左右，约克大学校园内位于 360 Assiniboine Rd的高层学生宿舍传出枪声，所幸没有造成任何人伤亡。多伦多警方接报后赶到现场，发现学生宿舍十楼106单元的门被射多枪，门锁周围留下一圈弹孔。 http://t.cn/zOLB3Xs

@慎利亚：360就在我的隔壁，有时候想想，上学就是玩命啊。作为全多伦多治安最坏的区域，什么事情都有可能发生！刚才在楼下碰到还在辛辛苦苦处理枪击案的多伦多警察，一行四人，迎面走来，他们很热情地跟我打招呼，问我今天过得怎么样？我第一次和老外警察叔叔打交道，一紧张，不停地说：hi,hi，然后赶紧走了。他们很负责的，今天是法定假日都不休息，而且已经来了好几天了。2月20日22:13

成长哲学

【是什么阻碍了我们成功？】

1、不是没目标，而是将幻想当成了目标；2、不是没努力，而是没毅力；3、不是不聪明，而是太精明；4、不是没能量，而是怀疑自己的潜能量；5、不是没能力，而是形不成合力；6、不是看不清界线，而是守不住底线；7、不是很迷惑，而是抵御不住诱惑。

感受加拿大 Family Concert

晚会开始了，各色人种都有喔！看看户主的光头，戴帽子的大叔唱得不错啊

　　在加拿大感觉生活安静多了，安静得有点没有人情味了，没有那么多的饭局，没有那么多的乐子，感觉大家除了工作就是窝在家里，要是你没有自己的社交圈，那这就是你生活的全部！就像今晚去参加一个concert，在路上听Easter说一个国内来的女孩，在这边待了快十年了，类似于国内的大专艺术college毕业，毕业后也没有个稳定的工作，找工作也不是很顺利，三十大几了，目前还是独自一人租住room，房子中间孤零零的摆一张单人床，四周排满了瓶瓶罐罐，不知道家长看到了是什么滋味！没有稳定的工作，就没有自己的社交圈，更谈不上接触合适的男朋友了！

　　国外的教堂，就像我常去的Coffee House这个小教堂，扮演了这样的一个角色，把大家召集起来一起学习、探讨、活动，给政府分担了很大的一份责任，但是毕竟还是有限。这次的concert也是Coffee House

这些义卖物品——唱片光盘就是上面那几位年轻演唱者的原创

的David组织的，coffee house还包括周二下午英语学习，周五晚上potluck并学习Bible，周六组织大家skate。其实今天晚上的音乐会我倒是觉得叫family concert更合适。音乐会在David的女儿家的basement举行。David的son in law（女婿）跟国内的"艺术"人士一样，留着个性的大光头，我怀疑是不是都打过蜡了，还留着很长的胡须，他跟我交流了几句，了解到他也是个教师，在学校里教音乐，用他的话说"you teach in the university，but I teach for youngers！"

在这样的聚会上，他们也不放弃可以募捐的机会，纷纷拿出自己的手工艺品，衣服，自己的音乐唱片，摆在那里，每件5元，所得收入全部捐献。一开始没明白donation it on the table是什么意思!他们这儿的家庭聚会也很随意，一般都带点东西，像吃的零食，酒，但是你不带也没事，我就跟David说，I'm sorry，I should bring something here！但David说：没事，你看我不也没带么！倒也是，自我安慰一下，我好歹是第一次，不知者不怪嘛！

我对这种西人的私人聚会还

David和Ling送我的中英文对照的Bible，感谢他们送我这本厚实的像辞海样的双语Bible当英语学习读本！

是第一次参加，非常感谢David给我们提供了这样的机会。这样的私人聚会真的很温馨，在自己的house里，朋友们聚在一起，开个音乐party很是惬意，可我们什么时候才能拥有呢？God bless！

成长哲学

【一生中重要的六个字】

1、藏：藏锋藏巧，胜者总是笑到最后；2、防：强者都是"漏洞"最少的人；3、稳：稳扎稳打，不走弯路便是捷径；4、变：变则通，通则久，求变就是赢；5、牵：暗中牵制胜过明面的强制；6、退：胜败无常，给自己留后路就是留希望。

成长哲学

【管理：在"理"不在"管"】

1、管理者的主要职责就是建立一个像"轮流分粥，分者后取"那样合理的游戏规则。2、管理平台责任、权利、利益缺一不可。没责任，公司就产生腐败。没权利，执行就成废纸。没利益，积极性就下降。3、只有把责、权、利的平台搭建好，员工才能八仙过海，各显其能。

感受加拿大 令人惊讶的stop!

在国内人让车这是约定俗成，除非你胳膊、腿、肋骨都是特殊材料构成的，那你可以跟车抗衡。再或者在校园里有可能比较二的学生，占道就是不给让，敢于拿自己的小命来做赌注，结果就有某学校领导把学生给撞了！其他还敢这样做的无非都是欠司机的骂——"找死啊，你！"

这次在加拿大总算见识了什么叫以人为本——车让人！在街头巷口只要设置有红色的标志牌——stop，你就可以大摇大摆的，无视任何车辆的存在，放心地通行，尽管车到跟前，他也会老老实实地停车等你先过。有时候右拐弯的车，碰上你过斑马线，人家也会客气地朝你招招手，让你先过，真正地感觉到人在这里活的是那么的有尊严。完全没有国内那种有车一族的霸道，那感觉路就是为他修的，对行人的辱骂是张口就来，真不知道是谁赋予了他们这些特权。

在加拿大的交规是遇见stop标志，不管是否有行人，过往车通过路口，司机要做的第一件事就是先停车，再通过！必须的！我就曾见过牛×的黄色校车都是这么守规矩的，校车啊，相信大家因国内的校车事

校车啊，接送孩子们上下学

成长哲学

【你的公司处于哪种时代】

1. 奴隶时代——女人当男人用，男人当骡子用。2. 封建时代——老板就是皇上；独裁、暴政；看不顺眼马上开掉；员工战战兢兢。3. 工业时代——严格打卡、迟到扣钱、死命加班。4. 信息化时代——不打卡；个性化办公环境；创意至上；可在家办公。

件，已经了解了不少国外的校车特权。在我住的楼下就有一个路口，竖了个stop的牌子，校车常打那里经过，先减速停车再通过！ 这个交规我个人认为在国内太有必要强制执行了，不能让司机对生命漠视，司机漠视自己生命也就算了，但对他人的、我们的必须予以尊重。这个比强制撤换固封螺丝要实用的多！！（山西太原强制车辆撤换车辆牌照的固封螺丝，对于不换的，一经发现，罚款！这个能罚款，我想，遇见stop不停的车辆更应该罚款、扣分并强制学习！）

 听成功人士报告

今天有幸参加了约克大学本科生组织的"华人学生学者领袖讲坛"，好像是首届，标题选的很好——"选择"。正如他们选题一样，我们人生有许多的选择，生活也无时无刻不在选择着，可是对于今天演讲者来说，他们的人生选择无疑都是成功的。

李金艳：原约克大学法学院代院长

王勇：加拿大皇家银行副总裁

邱欣：Novus Environmental Inc 创始人兼副总裁

李智雄（Lee Li）：约克大学人文学院市场管理学院教授

以上四人，都有着惊人的神奇的经历，每个人都有自己艰苦的奋斗史，都成功了！

李金艳，一个从农村里走出来的女孩，按照她自己的话说，那个年代从农村里想走出来不容易，文化知识没有，靠着自己走体校这

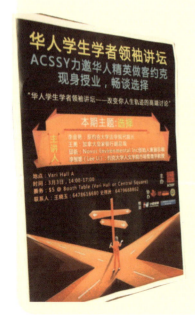

其貌不扬的女人——李金艳

数学出身的皇家银行副总裁 ——王勇

出生于内地，求学于英国，现工作在加拿大，号称最受欢迎的华裔大学教授——李智雄

条路闯出了农村，后来有机会上了大学，出国，求学，做律师，做学者执教。她认为自己作为一个女人走得很辛苦，但是很有成就感。李教授给我印象最深的一句话是：人活着要有价值！

我对搞体育的历来是有偏见，但是对这个女人，有点佩服。

组织、举办方 约克大学学生学者联谊会

邱欣，*Novus Environmental Inc* 创始人兼副总裁

王勇，毕竟是学数学的，话不多，大家对他关注的更多的是他的身份，但是我关注的是他的专业，怎么从数学到了银行副总裁？不得不说人生需要很多的机遇，但是更多的是知识储备，他提到：不可一业不专，也不可只专一业！

李智雄（Lee Li）：被大家誉为大学里最受欢迎的华裔教授，演讲时他就提到："这个说法我觉得有点过，竟然连'之一'两个字也没有。"确实厉害，"据经引典"，在他的简短的演讲中提到了凤姐择偶观，提到了唐骏的野鸡大学的学历，提到了诺贝尔奖获得者杨振宁82岁娶28岁的翁帆，提到了与褚时健的相识以及后来褚蹲监狱，还提到了"我轻轻地来，正如我轻轻地走"的徐志摩，如此的口才来自于他丰富的人生阅历。弃商执教，给同学们的忠告：读万卷书，行万里路，没有朋友就很难有成就！

邱欣，一个舍得放弃的人，以访问学者身份出来一年，放弃了国内的单位，读博，工作，创建自己的公司。他对组建公司的感受给我映象最深：公司首先要有准确的定位；合伙人的人品是第一位的，大家目标一致，各有所长；对于每天工作任务务必完成，其完美的程度是由能力决定的！

算是一个不错的励志报告吧！同时也感受到在海外求学的学子们

的能力确实不一般，这样的人物能请到就很不错了。其实在开始宣传的时候，说是需要＄5的门票，后来没有收取，听说是找到了赞助！建议大学生不要只埋头苦读，有些能力是老师和书本上给不了的！请大学生们也要关注学校里的各类报告、演讲，甚至去社会实践锻炼！

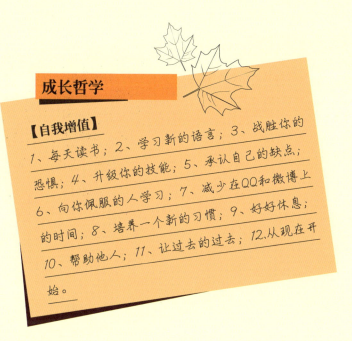

成长哲学

【自我增值】

1、每天读书；2、学习新的语言；3、战胜你的恐惧；4、升级你的技能；5、承认自己的缺点；6、向你佩服的人学习；7、减少在QQ和微博上的时间；8、培养一个新的习惯；9、好好休息；10、帮助他人；11、让过去的过去；12.从现在开始。

感受加拿大 春节联欢会

由多伦多大学学生联合会发起的2012CSSA春节联欢会在WINTER GARDEN THEATRE举行，每位收费＄5，自费留学生每位＄15，在朋友们的帮助下预订好了票，很想感受一下在外漂泊的留学生们自导自演的晚会是个什么样子！

我已经很少进剧院近距离地参加这种活动了，节目内容可谓紧扣时代前沿，紧密联系国内，针砭时弊，网络热词等基本都被他们演绎得淋漓尽致。让我感觉到在国外的学生们的素质确实不

Shiyuan Yang（四川农大）and Qin Wang（上海大学），为了晚上在多伦多四川大学的联欢晚会，我们上午就出来了，中午吃饭中。

Qin Wang and Liya shen（卫生部）

Youping Yang（西安交通大学）*and me*

一般，他们的才能得到了充分的展现，当然我们从网上看到许多关于留学生在国外生活不能自理、生活糜烂的负面消息，那也是有的。

晚会也邀请到了中国驻多伦多大使馆的参赞以及当地政府官员，由于开始进场时有位同学在楼梯上受伤导致晚会有所推迟，晚会到11点多才结束！回到学校已经是晚上12:00多了，还下着大雪，不过还好，有大巴免费接送！

成长哲学

【决定命运的2小时】

哈佛有一个著名的理论：人的差别在于业余时间，而一个人的命运决定于晚上8点到10点之间。每晚抽出2个小时的时间用来阅读、进修、思考或参加有意义的演讲、讨论，你会发现，你的人生正在发生改变，坚持数年之后，成功会向你招手。

感受加拿大 Maple Syrup Festival （枫糖节）

　　周二Coffee House的ESL上就说枫糖节（Maple Syrup Festival）到了，组织大家活动。 8号晚上果然就收到了David的邮件，让大家给Ling发邮件预订座位，这种活动怎么能少了我呢！

　　早上十点一刻从家出发，到学校的停车场集合。去的人还真不少，与在国内的时候组织车友会的活动很是类似，出发前每人一张表格，没细看，大概是一种免责申明吧，稀里哗啦把自己的大名签上！

到了，人还是不少吧

树上挂这个桶就是接枫树汁的

毕竟这种教会活动也算是"慈善"的一种吧，至少不收车油费了吧！coffee house义务为大家组织的活动很多，下周就组织去加东Montreal，这下教会可不就是自驾游的组织者？！

　　活动地点离学校不是很远，20分钟左右就到了——pine grove。门票每人＄9。第一次接触加拿大的这种"森林公园"，跟咱在国内徒步时穿树林爬山沟那感觉不一样。发这里的树木高大参天，大一点的树上还标有很小的金属铭牌，上面标有数字，还有一些小凸起，很像是盲文。

传统的熬糖手工艺流程，跟小时候在农村妈妈给咱们熬麦芽糖过程差不多

大叔在给大家介绍工艺流程

这里是提供免费品尝的原汁

熬制好的糖浆舀进铁桶里过滤

在分享熬好的糖浆

红色的是熬制好的糖浆，白色的是原汁，每人都可以免费品尝一小杯

加拿大盛产枫叶，其中以东南部的魁北克省和安大略省的枫叶最多最美。加拿大枫林遍布，每到深秋枫树叶红如晚霞，仿佛夏日里怒放的花朵，因此加拿大被人们称之为"枫叶之国"。在加拿大，人们对枫叶有着更为深厚的感情，并将它作为国家的标志，大从国旗、国徽、国花，小至老百姓生活用品，枫叶图案比比皆是，深入人心。加拿大人特别喜欢枫树，不仅因为其有观赏价值，还因为它可用来制作糖浆，供人们享用。在诸多枫树品种中，最著名的是糖枫和黑枫，据说其树液含糖量可达7%至10%，并可连续产糖50年以上。有鉴于此，"加拿大枫糖节"应运而生：国家规定每年3月采集枫糖汁、熬制枫糖浆的

小姑娘手上的就是枫糖的一种，1$一个，像棒棒糖啊，在得到小姑娘许可后拍了这张

这就是礼品店里出售的，价格 $4.9，550ml（500ml $44.95）

时候，为全国性传统民间节日——枫糖节。期间，人们兴高采烈地欢庆节日，品尝大自然赐予的甜美礼品。为增添气氛，各地生产枫糖的农场到时便粉饰一新，披上节日盛装，向国内外游人开放。

附：据说在大约1600年前，就已经有了"印第安糖浆"。加拿大原住民印第安人首先发现了枫糖——一种清香可口、甜度适宜、润肺健胃的甜食，并用"土法"在枫树树干上挖槽、钻洞采集枫树液。当时的"印第安糖浆"就是今天"枫树糖浆"的前身。加拿大的冬天又冷又长，这期间根本没有农作物可以生长，早期的印第安人因为冬天没有办法耕作，只能打猎吃肉，缺乏维生素、矿物质等营养素，死了很多人。后来印第安人逐渐学会了制作和食用枫糖浆。枫糖浆提供了丰富的营养素，是当地印第安人过冬不可少的食物。

40桶原汁才生产一桶糖浆

生产出来的糖浆（上面瓶装）、糖块（下面块状）

感受加拿大 随想

　　2012年冬的多伦多，是相对暖和的，很适合我这种从太原来的人，一点儿也不欺生！飘雪在这个季节来说，是常事，好像每天都要飘那么一点，来得不知不觉，轻轻地。早晨拉开窗帘才知道，旧雪未消，又换新颜，是那么的自然，没有一点哗众取宠与突兀！

　　风起雪飞，很有点沙漠里的风来沙走的意思，风里裹着雪屑，在阳光下很是耀眼。长时间的户外运动还是戴上你的有色眼镜好了，炫丽风景的背后都有它无人知晓的险峰！

　　地广人稀的加拿大，别墅不算什么新奇，任何一户农家，都是一幅田园画卷。置一块属于自己的领地，围上矮小的栅栏，内盖小木楼，

刚来的时候，隔三差五就是这么大的雪

前庭后院，养只猎犬看家护院，自个儿窝在小楼上。春夏，听那雨打芭蕉，左手握圣贤书（Bible也未尝不可啊），右手握一长毫，潇洒泼墨，任君洋洋洒洒，驰骋长卷；秋冬，煮一杯热咖啡，看窗外风

现在草儿开始发芽

卷雪飘，观楼下猫儿狗儿戏耍，管他王立军以什么方式休假，又管他大熊猫送与何人，更不屑谁将是影帝！

　　道是：风声雨声读书声，我不出声；家事国事天下事，关我屁事。该吃吃，该喝喝，遇事别往心里搁；泡泡澡，看着表，舒服一秒是一秒。

成长哲学

【企业如何无为而治？】

1. 遵循规律：弱则求强，学则得智，领导无为，刺激下属大有作为；2. 阶梯法则：上无为，中有为，下无所不为，企业才能大有作为；3. 砝码效应：领导轻为，下属重为，授权机会予下属全力作为；、分解欲望：把欲望分解给下属，让其带着欲望执行目标。

感受加拿大 退货

　　今天跟大家一起去逛"太古"——Pacific Mall，华人聚集的大商场，很有点国内的小批发市场的味道！这里很多商品都是来自国内，到这里来买东西应该说是很方便，服务的"官方"语言自然也多是中文了。但是从我内心来说，在这里买东西真的不是让人很放心，咱也很清楚华人的聪明之处，许多东西看似很好，等买了之后才知道，那是个"山寨"或是"赝品"。另一个问题就是价格，就拿大统华来说，尽管许多的生活用品都是华人喜欢的，也是华人常用的，比方老干妈辣酱、饭扫光、老陈醋、八角、桂皮等等，正因为这些是华人常用的，故此他们的有些物价就比西方人要贵，不仅如此，有时候在质量上也不敢说比西方人的就好。就像今天在太古买三脚架一样，价格还能接受，＄80，加上税共＄90.40，但是明确表示出门不退换，当你听到这句话时，你还敢买吗？

　　在西方人的店里一般都是可以退货的，凭你的购物小票，特别像这种不是极易消耗的物品和保鲜食品等，是没有理由拒绝退货的。上次Wang在H&M买了一件小衣服，过了一星期还撕毁了商标，也给退了，不仅给退了，还给多退钱了，因为当时使用打折卡，价格便宜，在退货的时候把打折卡也算在内，故还能多退款。在这边你可以不花钱，就能每天穿到新衣服，这不是一句疯话，只要你有时间，大不了用用再去退呗。这对那些有购物冲动的人来说是非常不错的。上次在沃尔玛看中一款公文包，在学校卖60多加元，不过就是多了个约克大学的logo罢了，在沃尔玛只需要17加元，使用一周后发现不实用，就拿去退了。

我使用过一周的公文包，其中的纸还被我用了一页

【声明：并不是说华人商店怎么不好，但是在国内养成的习惯，加上道听途说，总觉得买东西还是西方人的比较放心，当然华人的商店也有他好的一面，比方有些东西可以免税，想找国内的一些东西，很容易等等。】

　　去太古在车上听大平讲了个段子，听后大笑，认真品味，很有点意思，且听：

　　农夫去市场花大价钱买回来一只小公鸡，准备替换老公鸡做种鸡。老公鸡看着年轻的后生——小公鸡，深知硬斗是搞不过小公鸡的，

成长哲学

【管理技巧】

1、会要开得越短越好，执行要做得越细越好；2、上司的使命之一就是建立下属对你的信任感；3、时不时了解自己的口碑十分必要，许多人对此浑然不知；4、要培养团队戴着脚镣跳舞的能力，脚镣就是规则。不过要避免脚镣太紧，跳不起来。

就对小公鸡说，咱们比画一下，你要是在十圈内追上我，我就认输，这些母鸡就都归你了。小公鸡想，太简单了，于是应允，小公鸡就在老公鸡屁股后面使劲地追着，农夫一看小公鸡追老公鸡，于是拿出猎枪把小公鸡给崩了。

农夫自语道：妈的，原来是个同性恋！

听完笑过，觉得很值得玩味，从小公鸡角度来说，姜还是老的辣，跟老家伙们斗要思前想后，深思熟虑，不可血气方刚；站在老公鸡角度来看，充分发挥生活阅历，熟练掌握孙子兵法，借刀杀人有时真的很重要；站在农夫角度来说，懂一门外语是多么的重要，要不损失惨重，哪怕是鸡语啊！

感受加拿大 尼亚加拉大瀑布

在近处看有一种恐惧感，像是一种黑洞，有一种无形的引力随时可能把你吸进去的感觉

本来准备跟慎利亚约好早起乘公交去尼亚加拉看大瀑布，七点到公交车站，预计九点能赶上开往尼亚加拉的车，到了也就上午十一二点了，时间倒是来得及。事有凑巧，慎利亚MBA班的同学的同学老林（其实比我大三岁，人家都主动叫我老余，我叫老林也就理所当然

哥们先合影一个

这就是彩虹桥，右边就是美国了，这个小瀑布
在美国那边，风景却在加拿大

这就是大瀑布了，距离比较远啊，看看下面的房
子就知道有多远了

了），在多伦多市政一个健康机构工作，说是可以直接到学校接我们去尼亚加拉看瀑布，爽啊！不用早起了，专车接送，就连车费用也省了！

按照约好的时间，早上8:30集合，由于昨晚下雪，老林九点左右才到。老林是福建人，豪爽。我们车刚开出学校，他就找到一家咖啡店，给我们每人买了一杯咖啡和一个汉堡，钱数虽然不是很多，但是在这边AA是一种习惯啊。一路上我们闲聊着国内以及加国的人和事的差异。

尼亚加拉瀑布位于加拿大安大略省和美国纽约州的交界处，瀑布从美国那边直泻而下，当然在加拿大这边看风景是最爽的了，所以许多美国人都直接通过彩虹桥到加拿大这边来，就如同云台山一样，山脉水源源自山西境内，但是大多人跑到河南那边看风景去了。尼亚加拉大瀑布是北美东北部尼亚加拉河上的大瀑布，也是美洲大陆最著名的奇景之一。平均流量5720立方米/秒，与伊瓜苏瀑布、维多利亚瀑布并称为世界三大跨国瀑布。尼亚加拉瀑布一直吸引人们到此度蜜月、走钢索横越瀑布或者坐木桶漂游瀑布。但是现在是寒冬刚过腊月，峡谷的峭壁上挂满了冰锥，飞泻直下的瀑布轰鸣声低沉有

挂在对面峭壁上的冰锥，粗细与树比较一下

由于瀑布冲击力极大，水雾腾起落在
小树枝上形成了珊瑚状

力。听老林说，这个地方的旺季是夏秋季节，那是人山人海，像现在这个季节是最淡的季节，不过也不错，没有了拥挤的人群，你可以悠闲地、任意角度地欣赏美景。

在尼亚加拉这个地方有许多的高级酒店，如喜来登等。当然，还有casino——赌场！一层是老虎机，21点等等，一应俱全，从＄5到＄500，甚至更多！听说大赌家都不在这一层，有专门vip包间。使用信用卡像现金一样的方便，老林小试了一把身手，在老虎机上直接用现金＄20玩了一把，短短的几分钟就没了！想赢没那么容易！怪不得国内的老虎机是严禁的！！

在casino赌场里，偷偷地拍了一张

在outlet拍了一张外景，太阳快要落山了

感受加拿大 地铁与公交

2012年3月22日

在国内坐地铁需要买票，进出口都要验票，没票进不去也出不来。但是在多伦多不一样，这边的地铁公司不仅经营着地下的地铁，还有地面上对接的公交。前面已经说过，这边的公交公司有两个，一个是两小时内可以任意乘坐的viva，不过viva刚刚结束为期两个月的免费，这让我们确实受益不少，要知道这边的乘坐公交可不像北京才几毛钱，这里的一张票都是＄3左右；另一个是一站到底式的TTC，这个地铁公司就属于一站到底式的TTC！从学校出发进城，可以用事先购买的token，也就是你要先购买公交公司的类似于国内游戏币的那种钢镚，很小的一枚，直接上车投token，到downsview站下车换乘地铁就到了城里，也就是大家说的downtown！换乘地铁直接进地铁站，downsview站是多伦多最北边的终点站，车站是开放式的，没有任何人检查看管。我第一次乘坐就

回学校的时候，地铁上人很少喔

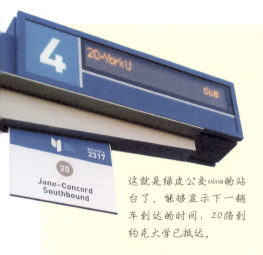

这就是绿皮公交viva的站台了，能够显示下一趟车到达的时间，20路到约克大学已抵达。

坐TTC公交到这个downsview站免费换乘地铁，当然从downtown坐地铁回来也在这里出来免费坐TTC公交回学校，这个downsview地铁站是目前最北边的终点站，通往学校的地铁站还在施工中，预计2015年能通车

觉得很奇怪：我们完全可以从学校走过来，直接进站，尽管路程有点远，但这样可以节省不少费用啊，虽然想法有点龌龊，但是刚从国内过来，感觉真有点不可思议！同行的几位告诉我，确实可以这样做，并且曾经有过！但是当地人很少这么做，他们是以诚信为原则。在设计各个环节的时候都是建立在诚信的基础上，不会把人本性想得那么坏，真正的从"人之初性本善"出发，而国内首先设计就是建立在"管"和"防"的基础上！当然这与一个社会的整体素质以及基础教育是分不开的！

不过，尽管如此，加拿大的公交系统还是远没有国内的发达与便宜，毕竟加拿大地广人稀，3 300万人口，还不及山东省人口的三分之一，这其中还有45万华人移民，再加上其他国家的移民，当地的加拿大原住民才多少啊！故此，城市也是很迷你型的，像多伦多这样的大城市不多，所以公

只要按一下公交车上这样的红色小按钮，公交车就会在下一站给你停下。

交系统不发达就可想而知了。当地人的出行方式以私家车为主，这儿的车很便宜啊，两三万加元就可以买个很不错的车了。在加拿大深深地感觉到不在城市的中心若没有自己的车很是不方便，到哪都得靠公交，可这公交并不像国内发车很频繁，有时候一等就是半个小时，特别是逛个商店买个菜什么的，你得走上几十分钟。想坐公交，来回的车费或许比你买菜的费用还要贵！

成长哲学

【社交礼仪之说事技巧】

1、别人的事，小心说，2、长辈的事，少说，3、孩子的事，开导地说，4、小事，幽默地说，5、做不到的事，别说，6、伤心的事，只找知心朋友说，7、自己的事，先听听别人怎么说，8、夫妻间事，商量着说，9、急事，慢慢说，10、未必会发生的事，别胡说，11、伤人的事，绝不说。

这是我在多伦多街头看到最悲摧的自行车，不知道锁在这里多久了，只剩下了车骨架，其他的零部件都已经不翼而飞，看来毛贼哪里都有啊！

感受加拿大 教育的权力

今天中午去听了另一个老外老师的线性代数，很是新鲜啊。倒不是说内容，那些内容跟国内无二。只是，开始上课了怎么还有个man（我不知道是学生还是老师，就此称呼吧）站在黑板前，老师开始讲课了，他站在那里做着手势，才明白，原来是手语！我目光寻遍整个班级，好像仅有一个人使劲盯着这个man看，难道就为了这一个人配备了一个手语翻译？大约十多分钟过去了，这个man被换下来了，又上去了另一个，原来候在最前排呢，两个人轮流翻译，不可思议！为了一个聋哑人配两个翻译！

再次震撼：国外的受教育权谁都无法剥夺！在国内估计入学前就被淘汰了！

在线性代数课上偷拍的手语翻译

两根铅笔，一白一黄。本来只想买一根，看中了黄色的，便宜啊，$0.13，拿在手里。继续逛发现印有约克大学logo的白色铅笔，没有标价钱，想着不贵吧，黄色的才一毛三嘛！顺手也拿了一只，不为别的，只为那个红色的约克大学标志，写字时手握约克大学logo的铅笔，多拉风啊。结账才知道，失算了，$0.63啊，还不加税！

手语翻译在为左边的红衣光头翻译，不过课堂上拿手机、笔记本打游戏的人大有人在

晚上回来仔细研究了一番，凭啥你就这么贵？终于发现了点眉目，不是因为约大的标，或许是因为上面印有：MADE IN CHINA。看到了么？

感受加拿大 古巴1

2012年4月9日

去古巴并不仅仅是为了海滩、阳光、比基尼，更多的是因为它免签证，而且还因为它跟中国一样，同是社会主义国家。在我来加前的两周里在ESL课上，老外老师就说过古巴没有什么可看的，相当于中国的20世纪70年代，很穷，并建议我应该去美国看看，那里的大都市都很现代化。他越是这么建议，越是增加了我对古巴的向往。

几次都错失了Cuba（古巴）的旅游信息，这次通过上交大的 Prof. Liu知道joy在组织去古巴，马上联系了joy，这次又差点错失啊。因为

通关，大半夜的没什么人，很简单，背后就是安检入口

在等上海交大的Prof.Xiao，她的课刚刚结束，不知道除了阅卷还有没有其他的事情，并需要报告一下系主任，再加上与大平没有沟通好，所以一开始没有报上团。通过joy的帮助，Sunwing旅行社的潘先生打电话过来，说是可以继续预订joy所在的group，于是几经周折总算网上把费用交了。网上许多攻略都说需要提前预订，其实没有必要，有时候临近跟前，报团反而更便宜，关键是你要知道一些旅行社的电话，随时联系旅行社，因为价格随时都在变动。

我们的行程定在四月九日至十六日，整整一周。其实这次去古巴还是有点担心，4号已经预订了20号美国签证，网上传闻去过古巴的美签通过率很低，很怕去了古巴会在护照上留下什么痕迹，要是因为去了古巴而被拒那就损失大啦，＄140啊，那还不如先美签完了再去古巴。

早晨3:00多准时从York University出发，直接拿护照换登机牌，因为持中国护照到古巴是免签的。随身行李7kg，柜台换登机牌小姐告诉我超了2kg，但问我是否携带了相机和笔记本，确认后终于放行!过安检很是简单，但你得把裤带抽下来，身上的摄影马甲也得脱下来过一下扫描，其实这扫描估计也就是做做样子吧，我的打火机一直放在我的摄影马甲口袋里，从中国带到了加拿大，又从加拿大带到了古巴。当然，这

这些人估计都跟我们差不多，怕误了飞机提前到了，他们就地而睡。加拿大的许多公共场所都是像这样的地板，很干净，你可以看到许多人都席地而坐

一切我也是不知情的，到了古巴才知道，我的摄影马甲竟然有一个气体打火机。过完安检才4：00，还要等2个多小时，早知道这么简单，就在家多睡会了！

上午10：00左右到达古巴机场，因为是免签，所以下飞机后在入境之前领取一张签证单，据说因为古巴和美国的关系恶化，古巴对入境的旅游签证就改了，签证使用单独的签证单，这样就不会在护照上留下任何痕迹，所有的信息记录在那张签证单上，方便入境旅游者，以免进入美国被拒签。尽管如此，我还是很担心在回加拿大时，护照上会留下二次入境的时间戳，到时候美国签证官问起，编故事那可就长了，搞不好就说漏了。

签证单上的信息填写很简单，姓、名、性别、出生日期、国籍、护照号，其他的地址等信息可以不填。古巴的官方语言是西班牙语，姓和名顺序跟中文一样，不像英语需要倒过来，咱一看见这个写拼音的姓名，就英语思维，一激动，直接倒装，写完了才发现闹错了，回去再重新要一张时，桌子上一块牌子标注着换一张需要交＄15,咋办？既然换需要＄15,那我不换，直接领取吧，就当我没有领过。趁着工作人员不在赶紧把填错的签证单塞进口袋，虽然做法有点龌龊，但是怎么的，一张纸也要不了＄15啊！按照我们了解到的信息，古巴一线城市的工

这就是那个签证单，两联复写纸，入关后可不敢
丢了，离境时还要收回的

这个是出机场时接机人员派发的乘车
卡，到酒店凭它登记入住

资才20到80比索（PESO），
$100可兑换96比索，我们
住的酒店服务员一个月才20
到25比索，二线城市的普通
工人更低。就这么一张签证
纸，怎么地也要不了大半个
月的工资吧？

　　古巴的边检、安检也
很简单，这是我遇到的最松
的。Hello一声，给黑妹递上护
照及签证单，简单地问了一句哪
来，示意取下眼镜照相，这就
Ok了。拿回护照一检查确实没
任何痕迹，只是签证单上多了个
印戳。过安检，放上行李，迎着
安检黑妹来个微笑，做拥抱状张
开双臂走上去，准备等着她拿检

测器在身上一顿横扫，没想到黑妹直接拿检测器一挥，示意我可以出去
了，想被骚扰一下也未如愿。比起加拿大那磨叨的边检，让人觉得爽多
了。出了机场大厅，一溜大巴停在机场门口，我们团4号车，大巴很干
净，一路的海景，很high！

　　按照宾馆远近沿途将我们"外宾"一一送达各个宾馆，我们住在

迎接游客的大巴

去酒店的沿途海景

hotel turquesa，四星级。到达时已经12:00多了。办理登记手续很是缓慢，将近半小时，每人亲自签字，在手腕上戴上标识牌。按照这里的酒店入住时间是下午4:00，不过凭手上的标识牌在这里就可以尽情地享受所有的游乐设施，免费自助餐，免费的随时饮料。由于时间充裕，寄存了行李，轻装上阵直奔宾馆后的海滩。海滩上躺满了休闲的男男女女，个个"玉体横陈"，或仰，或侧，或趴，贪婪地享受着海滩阳光浴，让自己的每一寸肌肤充分享受阳光的照射，皮肤晒得紫里透红。只有我们几个新到的，还裹得严严实实，显得是那么的不和谐！赶紧找个躺椅，蜷缩在那里，看尽海滩美景。蔚蓝的天空，深蓝的大海，银白的沙滩，紫红的肌肤，尽收眼底，大家禁不住海滩的诱惑，纷纷换上了泳衣，直奔大海，我也将就着平角内裤下了海。在海滩上大呼小叫着，拍照、比赛、跳远，兴致高昂。

巴拉德罗（varadero）
我们的酒店就在这个巴拉德罗附近，这个长长的岛屿就是
外宾度假村。

turquesa酒店，等待登记

去海滩的小径

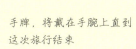

手牌，将戴在手腕上直到
这次旅行结束

成长哲学

【职场法则】

学历代表过去，财力代表现在，学习能力代表将来。
所见所闻改变一生，不知不觉会断送一生。没有目标
的人永远为有目标的人去努力；没有危机是最大的危
机，满足现状是最大的陷阱。下对注，赢一次；跟对
人，赢一世。老板只能给你一个位置，不能给你一个
未来，舞台再大，人走茶凉。

酒店的游泳池

在古巴，Varadro这个长长岛屿上，大大小小的分布着几十家酒店，大多酒店的房子都是house式的，专供外宾来休闲度假，我们就住在这别墅式的248室。来这里度假的大多来自加拿大，像我们这样从加拿大过来的中国人和东南亚人也不在少数，俄罗斯、法国、智利等其他国家也有，但是相对来说少多了。对于加拿大人来古巴比在加拿大国内游更是便宜，低的时候三四百加元，双飞，只要你不是购物狂，不出小岛，也要不了多少加元，尽管如此，你还得多准备些dollar，就算是个一毛不拔的铁公鸡，回去的时候，在机场还得交个airport tax＄25（从国内来一趟需要花费几万，时差还没倒过来就该回去了，而从加拿大过来一趟一般花费六七百加元，很是便宜，没道理不来！）。小费？不给

酒店的免费饮料吧台 mojito

午餐＋免费的酒水

也没有问题，你只要热情、同情、支持古巴人民建设新古巴，你给多少都没关系！如此便宜与一站式的服务，加拿大人有什么理由不来这里度假呢？特别是当加拿大还是天寒地冻的时候，古巴更是他们不二的选择，可以感受阳光、沙滩与海浪。

从海滩返回宾馆领了钥匙，已经是下午五点多了。宾馆的房间比我们想象的强，并没有网上说的那样恐怖。两张大床、电视、电话、桌椅、沙发、台灯、洗发水、小肥皂、浴巾、吹风机、手纸，一应俱全，就连马桶也是两个，不过这两马桶我始终没有闹明白。房间还有一个大阳台，可以放上桌椅，四人麻将是没有问题的！不过没有网络，很不方便，房间内也不提供拖鞋和牙膏、牙刷。

回房间首先冲淡，海滩的细沙裹在头发里像油脂一样，很难冲洗。冲澡搓揉胳膊大腿时才感觉到有些灼痛，难道这就是不抹防晒霜的结果？照照镜子，果然黝黑了不少，好在来时已经备

夜深了，吧台还很繁忙

有欧莱雅30级防晒霜。

坐在阳台上，享受着海风习习，暖红的阳光烧红了近处几座客房，这才发现太阳快"下海"了，风里也裹着一丝凉意。情不自禁想起了海明威，当年他是不是也像我们一样，享受着这个岛国的美景与惬意，才写下了那些不朽的巨作？

远处音乐已经响起，该有节目上演了吧，也该是我们晚餐的时候了。

钱币兑换处。酒店里兑换处：100加元＝93peso。外面100加元＝96peso。peso（比索）是古巴币，分两种，可通兑的peso就是通说的peso，还有一种称为local peso，不可通兑。1 peso ≈ 25 local peso。当你需要深度游玩的时候，一定注意当地说的是否是local peso，否则可就亏大了。

我们的房间在二层248

这里的所有饮料你都可以带壶装满带到海边。其实完全没有必要，海边就有免费的吧台，到下午5：00前都可以免费饮用。

煎烤肉类。这个老妈妈不错，总是微笑着服务，很是热情，隔着吧台没法行吻面礼，直接给我来了个飞吻。

冰激凌，我几乎每餐饭后都吃的甜点

中餐厅，饭餐没有想象中的美味，估计改良了，这个"火"字不知道是故意而为之，还是确实写错了？有待考证！

吃饭时总有一些小鸟过来跟你共同进餐，一点也不怕人。

仅第一天房间免费提供矿泉水一瓶，超市一瓶0.7peso，酒店就贵多了。

我们的床铺

准备来杯饮料

每天上午9:00, 许多旅游公司到酒店大厅里接待游客组团古巴一日游。

成长哲学

【职场江湖最忌8种人】

1.梅超风——说三道四没遮拦。2.土行孙——唯唯诺诺怕是非。3.灭绝师太——眉头紧锁玩清高。4.祥林嫂——鸡毛蒜皮瞎抱怨。5.东方不败——忸怩作态乱讨好。6.花和尚——言语露骨搞暧昧。7.天山童姥——浓妆艳抹搏出位。8.洪七公:懒散拖沓磨洋工。

感受加拿大 古巴2

　　从古巴回来已经四天了，除了第一篇是在古巴第一天写下来的，回来还利用了两天加工以及处理照片，就再也没写出第二篇来，现在想起余秋雨的《千年一叹》，不得不佩服老余的敬业精神，每天在车轮上颠簸还能完成那么多的文字。尽管我们在古巴每天都是休闲度假，感受也颇多，但是每晚回到宾馆，除了能想到吧台的mojito（朗姆鸡尾酒），就再也不想动弹了！写作有时真的需要灵感，感觉来了，一气呵成，连修改都省去了许多时间。

　　说起古巴的印象，回想起来并不总是那风光旖旎的海滩、阳光、比基尼，再好的风景，一旦被不和谐的事情搅和进来，留下的都是不可挽回的、最深刻的糟糕印象。就像我们车友会去内蒙古黄花沟草原的遭遇一样，"看那蓝天，看那白云，看那膘肥体壮的牛羊，看那骏马在草原上驰骋"，但最终留下的印象除了诅咒还是诅咒。

　　在古巴也有这种现象，但是相比起来，算是文明多了，或者说他们做这些事情的行为还是相当的羞涩。古巴最后一天，我们选择的是自己深入古巴二线城市cardenas，租的士前往，离开下榻的这繁华的外宾

海岛城市varadero，去感受真实的古巴民风民情。

我们准备在cardenas的一个商店里买雪茄，但是太贵。刚好碰见这位大爷，在买烟，估计是很低劣的那种，平头烟。他手里拿着三张一块的local peso，我们开玩笑地说要他的这3张，大爷虽然听不懂英语，但是他还是塞给我们，并给我们烟抽，我确实留下了三张local peso纸币，但我给了他一枚25cent硬币，按照1peso=25local peso兑换，他应该不吃亏的！最右边的戴大手表的黑人就是英格里希哥了，在这个城市懂英语的不多，这是我们碰到的为数不多的一位，我都不知道怎么他就成了我们"地导"，当然接下来的故事可就长了，真所谓无利不起早！

左边这张是英格里希哥家里，他弟

弟跟弟媳妇的房间，也是厨房。一台黑白的电视很古老了，比现在加拿大别人送我的彩电效果差多了，估计这也是他们最大的娱乐之一了吧。

房间有点乱吧！拍照也不能白拍呀，小费是少不了的，女人们会主动向你索要的，当然不会明目张胆的，伸手总是很羞涩的。

当然这都可以理解，咱都是穷过来的。偶尔碰到我们这样的"大款"过来，伸手能要得到还是很值得的，毕竟每月工资才5peso嘛，面子这东西能值几个钱？但像英格里希哥的做法就有点欠妥了，说好了的人马费10peso，最后又说什么个人的导游费另算，这估计与咱们的大方不无关系，尽管古巴的治安很安全，毕竟人生地不熟，还是少惹是生非为妙，5peso打发了！

右边这张算是我们与英格里希哥全家的合影了。可以看到大平的肤色已经可以成为这个家庭中的一员了，中间的大块头就是英格里希哥的弟弟，Ms. Chen给了黑弟一包hollywood香烟，高兴

得不得了，孩子们也得到了我们随身携带的一些零食——巧克力、面包、糖果等，生活物资对于他们来说真的很缺乏，只要你给，基本上什么都要。

二线城市cardenas的老火车站，这个火车站还在使用中

上排的硬币：纪念币、1peso、50cent、25cent、5cent、10cent；硬币背面都一样
下排的纸币：1 local peso，下面的纸币：1 peso

面值5、10、20的可兑换peso纸币

感受加拿大 再见了古巴

游泳池里学游泳，背后的三点式就是俄罗斯美女了，俄罗斯商人来这里度假的也不少！他们大都比较腼腆和羞涩，或许跟我一样是英语不太好吧！

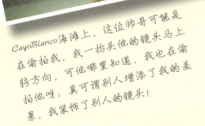

CayoBlanco海滩上，这位帅哥可能是在偷拍我，我一抬头他的镜头马上转方向，可他哪里知道，我也在偷拍他呀！真可谓别人增添了我的美景，我装饰了别人的镜头！

这美女在海滩上可high呀，我敢肯定给她照相的那位绝对没有我这张精彩，唯一的遗憾是没法让她知道这个事实

85

*havana*国家博物馆前，这位大胡子老兄非要跟我们合影，在我确认不需要小费后，我们才合影，不过我们还是主动给了点小费。

公交车站的中国吉利车广告，在大街上还见到过吉利的公安警车

古巴"外宾"公交车都是很新的，在宾馆虽然没有中文服务，但是这个车上竟然有中文"站立禁区"，难道与这些大巴公交车来自中国有关？

海滩上的亲情

CayoBlanco海滩上的爱情

不让太阳"下海"

海上日落

很是怀念Turquesa 酒店这个mojito吧台

酒店的大概二级经理角色——达马索，
很难从这个角度看出来是个男人，而且
肚子出奇地大，是个特庞然大物！

再见了古巴

再见了havana

一整天在你躯体里穿梭

却不曾记起你容颜

那建筑，那人，那切格瓦拉

统统从脑海中抹去

仅有的一点记忆

莫过于古巴妹的吆喝

玳瑁，玳瑁……

再见了cardenas

让我看到了干净的街道

朴实的的哥与马夫

几近变质的英格里希哥

还有那市民的蜗居

一切都在文明冲蚀下萌芽

再见了CayoBlanco

一次海上的旅行

别人嬉戏

我棕榈树下的静坐

还有那海滩上的亲情、爱情

是CayoBlanco的全部

再见了varadero

你给了我大海、沙滩、阳光

让我混沌的眼睛

丰满了我单薄的遐想

我不曾魁梧的身材

也曾装饰了游人的镜头

享受快乐

让快乐在冰激凌里徜徉

感受捉弄

捉弄在酒杯里释放

再见了Cuba

再见了我新认识的老切

再见了我向往的海滩

再见了胖哥达马索

再见了未曾熟悉的俄罗斯美女

当然，也再见了永不现身的

马迪斯雷斯

成长哲学

【哈佛大学校训】

你所浪费的今天，是昨天死去的人奢望的明天；你所厌恶的现在，是未来的你回不去的曾经。

　　（诚挚感谢joy在旅行中给我们group带来的快乐以及正确的"决策"）

　　补记:

　　忘了交代一下护照的事情，在古巴出入境时，在中国护照上均没有留下任何痕迹，所有的签证印章都在那张单独的签证单上。但是在进

成长哲学

【人生四项基本原则】

懂得选择，学会放弃，耐得住寂寞，经得起诱惑。

入加拿大的时候，中国护照上大多会多一个入境日期戳，但是我的护照上不知为什么，什么痕迹都没有，那个日期戳边检官加盖在了那张飞机上发的入境申报纸上了，我们一行回来的仅我一人护照很干净。

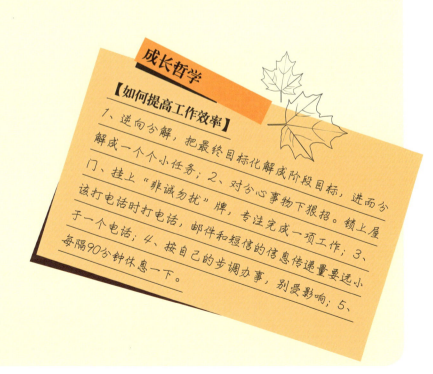

成长哲学

【如何提高工作效率】

1、逆向分解，把最终目标化解成阶段目标，进而分解成一个个小任务；2、对分心事物下狠招。锁上屋门，挂上"非诚勿扰"牌，专注完成一项工作；3、该打电话时打电话，邮件和短信的信息传递量要远小于一个电话；4、按自己的步调办事，别受影响；5、每隔90分钟休息一下。

Who can keep the loneliness

来加已经三个多月了，在这里的每一天我都在观察、思考着。前一半时间我在观察着这是怎样的一个社会，后一半的时间我在思考着，我该以什么样的方式来适应这里的生活。

可能在还未出过国的人的眼中，感受异国他乡的风土人情，不同的语言、不同的肤色、不同的人种，那该是一件多么令人兴奋的事情。我出国前也曾无数次的憧憬，甚至为该挑选去哪个国家而犯难，美国？加拿大？澳大利亚？还是欧洲等其他的？最终还是选择了加拿大，从种种网络资料显示，加拿大是华人首选的地方，在国际上不像美国那么张狂，至少很少会有9.11发生，也不像欧洲，生活物资贵的吓人，它有点深谙中国的中庸之道，左邻右舍，八面玲珑，相安无事。正是这种中庸，更体现了加拿大人对待生活的态度，非常慵懒的，舒适的，一杯咖啡，一张躺椅，门口晒太阳式的养老生活。对于从国内快节奏过来的人，真的是很难以理解与适应。

有人给"人"下了个定义，说灵长类动物有193种，其中192种有毛，称之为猿或猴，还有一种无毛称之为人。既然大类是在193之中，说明人还是有点猴性的，好新奇、捡芝麻丢西瓜的劣性总是有的，三分钟的热度。有时候看似很好的东西，它只能是被欣赏，一旦拥有就会觉得很乏味。刚来的时候，一切都是那么的新鲜，感觉环境是那么的美好，氛围是那样的宜人，可是两个月一过，所有的激情都过去了，只是想让时间能够过得快点，好早点回国。

本来想今天去办公室，打一通电话，约约房东看房子。但是大平的一个信息打乱了我一天的计划，并在家里宅了一天：

"周日与我们一块出去转么，我们租了个车。"

"去哪里呀？"我问。

"不知道，你找地方吧，例如Waterloo之类的周边城市。"

我对滑铁卢其实很不熟悉，只是在利亚还没有回国的时候听说过几次，他同学要开车带他去一个德国的小镇滑铁卢，但是我估计到他回国前也没有去成。所以我对这个滑铁卢的德国小镇映象很深。于是在网上百度"加拿大德国小镇"，在一篇介绍这个小镇的博文中无意中看到一个网上相互吐口水的帖子，并发现了《我的加拿大农民生活》。于是今天什么事情也没有干，一口气把它读完。很是欣赏作者的文笔，戏谑、嘲讽的口吻中将华人在加拿大的工作、生活阐释的淋漓尽致，故事真实感人，这不是窝在家里、办公室就能感受到的。就如我昨天去了趟仕嘉宝，那人那事，除了感慨还是感慨。

昨天去仕嘉宝拜访了一位周六一起去渥太华游行的"张书记"，是一位叫Junqiu的移民电工这么称呼他的。Junqiu于2006年移民加拿大，听"张书记"说Junqiu在这边也是吃了不少苦的，他在国内或许是做房地产方面的，到了这边也是一直不停地换工作，他自己说朋友们都笑他一个工作还没有热身就换了，不过这次他对这个电工工作还是很中意，考了个电工证，在艾尔伯特工作，每小时＄40，总算是工作稳定了。Junqiu比"张书记"晚来一年，他们那时候经常聚在一起，大家都戏称张就像是他们这个移民团体圈中的核心——书记，故此一直这么称谓。

"张书记"很是热心，因为儿女已经大学毕业工作了，爱人也已经从国内内退了，现住在多伦多仕嘉宝，并做起了金融——保险。而张自己则在中加两边来回跑着，或许从中看到了一些商机，自己想成立个公司，并且刚刚注册下来。跟"张书记"闲聊着，聊我在加拿大的感受，也聊着他们在加拿大的情况，并介绍着他公司的发展方向。Junqiu可能是临时回多伦多的家一趟，也赶到他这里来小坐，一同聊起了他们过去的老朋友们，以及日子的艰辛，总结一句话：来加拿大一切都得从头开始，不论你在国内多NB，来这里你就是一个鸟人，但是你并没有这儿鸟的待遇，特别是海鸥还有那野雁，野雁单词是goose，那应该大概也叫天鹅了吧，那东西在这边或许待遇太高了，走在路上竟然可以无视人类的存在，任凭汽车喇叭按得再响，它依然扭着肥肥的屁股慢悠悠地穿过公路，偶尔的还嘎嘎地叫几声，要在国内估计早就端上了餐桌。

Junqiu说起一个故事。他的一个朋友，也移民过来了，每年在国内的资产上千万，但是在这边依然当着电工，当然这个电工跟Junqiu当电工是完全不同的两个概念，一个是为了生活，一个是为了打发空虚寂寞，寻求与人的交流，想融入这个社会。可以想象，如果一个人在国内有钱的话，他可以每天呼朋唤友，灯红酒绿，歌舞升平。可惜啊！万恶的资本主义社会没有国内的这些氛围，人和人之间很客气礼貌，客气礼貌的让你难以接近，想融入那更是奢想。怪不得有人总结了一下中加两国的社会现象：好脏好乱好热闹，好山好水好无聊。

我所住的这户房主人对我确实很不错，但是怎奈我是一个"不安分分子"，不想每天暗无天日地宅在房子里，每天无所事事地混日子，我想让我的每一天过得都很有意义，无视时间就是无视生命啊~现在的这个房子离学校虽然很近，十分钟就到了办公室，可是这个village比咱们国内的农村还要农村，买个菜你都必须走很久很久，在这个时候你就能深刻体会什么叫车轮上的国度。我想要离开这里，离开这死一般寂静的地方，我要去downtown，去感受有点人气的地方，至少我可以去park，去与人交流，去逛逛商场，也好感觉一下这个地方还有许多人与我同在，可以邀约大家一起去喝酒，一起抽烟。就算是一个人，我也可以背起相机，站在街头拍几张异色人种的背影。我不想我在加的这些日子过得那么静悄悄的，我的人生应该是盘录像带，我要让我的录像带分分秒秒地记录，不想在这段时光里悄无声息的，没有任何记录，就如同被抹掉了一般！

人苦点累点并不可怕，可怕的是空虚与孤独，尽管你在house外面游荡的时候，也偶有人与你擦肩而过，但那与一只小鸟，甚至一只蚂蚁与你相遇有何差异？或许小鸟、蚂蚁在你跟前你还可以停下来与它们挑逗一番，可这人呢，你总不想被别人说你是疯子吧。

多伦多唐人街海鸟在争抢食物,鸟与人和谐共处。

我一直在思考,我该做些什么,在别人看来,我是每天活得很精彩,到处转悠,可是他们哪里知道,有些东西是给别人看的,就像陶渊明写桃花源记一样,那是他的奢望啊,现实的他在仕途上是多么的落魄!在开始的两个月里,我还一本真经地学习了android系统,以及数字图像处理,看完前五章我就开始在反问自己,我为什么要学这个,对我有什么用?我回去真的能做这个么?但我敢肯定百分之百不会!与其如此,我干吗不学习我需要的呢?我一直在这纠结着,到底什么才是我需要的?方向的迷茫几年前就开始困扰着我,可我这个疙瘩始终没法解开。

这里环境虽好,但不是谁都能享受的,我相信"张书记"给我讲的那个故事是真实的。一个县长托付他把闺女弄到加拿大来上学——温莎大学,离美国仅一桥之隔。要知道西方国家大学学习是很自由的,加上语言的障碍,女孩在国内很开朗的性格开始变得内向,不愿与人沟通,每天宅在房子里,大冬天里实在憋不住了,竟然只穿着睡衣从底特律大桥上直接跑美国去了,在大桥那头被美国大兵截下了,被领回来时经鉴定已经疯了!

我不想在这里宅着,我更不想被疯掉,所以我必须走出去,去寻找适合我的方式生活。

感受加拿大 滑铁卢之行

今早江涛送完老谢去机场，我们一行五人就准备自驾前往加拿大南边的德国小镇——滑铁卢！

目的地之一：St. Jacobs小镇，一条公路从小镇穿过。

小镇代表性的教堂

house前绿树成阴

其貌不扬的小路，可两边的 house啊，给力！

我最中意的，有钱了照着它造吧……

　　车是老谢租的，因老谢今早要拖家带口的辗转美国绕道回国，昨天就已经把车租好了。并昨天一早就去了尼亚加拉大瀑布，回来的比较晚，大平做好晚饭，配上我从古巴带回来的1L装"Club Havana"酒，几个人推杯换盏竟给整了个底朝天，凌晨才算完事，尽管醉酒的没哭也没闹，但是酒后干了些啥，哥们只有自己知道了。不过还好，今早大家还能爬起来各就各位！

　　St. Jacobs小镇很近，大概两个多小时就到了，镇子名副其实地小，繁华地段看起来不过几十户，house很豪华（house在这边就是独家独院的房子，有花园、古木、绿草，在国内称之为别墅吧；像那种也

小镇街道商店

是独家独户的但是连在一起成片的village房子被称为镇屋，国内的新农村就是这个样子吧；而像国内城市化的钢筋混凝土的高楼小区单元房被称为condo，不过这condo娱乐健身设施可谓齐全了，听说健身房、游泳池、洗衣房一应俱全。），花园整饬得很是漂亮，树木裁剪的也很别致。这种豪华别致的house，对于我们来说，想拥有它，那基本只能靠

杂货店，只有这里才充分显示出自给自足的农村风味

枫树球做成，你知道它卖多少钱么？$50!

99

老外太热情了，要给我们照合影，勉强来个吧

臆想了，不过能饱饱眼福也不错。

小镇更能体现出加拿大社会的慵懒与休闲，我们赶到小镇已经快11点了，可一些商店还是铁将军把门。据网上资料显示，这里的居民许多是恪守清规的清教徒，被称为门诺派教徒（Mennonite），在此繁衍生息已有上百年，崇尚自给自足的生活方式。再就是圣雅各布小镇附近的特色小吃，"德国猪肘子"加黑啤酒很不错。既然到了饭点，吃猪肘子是免不了的。到了这个饭店才知道，饭店并不大，就一栋房子，进去扫一眼

每人面前一大块"咸猪手"

目的地之二：这就是那个有名的餐馆了，到这里来的人估计就是为了这个餐馆

才发现，用餐的全是慕名而来的华人，后来才偶有几位西人，来了也没有看见他们点这个猪肘子。猪肘子给的分量确实很足，老外这一点比较好，踏实诚信是做人的基准。但是这东西味道比起国内的五香肘子来说还是有差距，我吃了一半就已经腻味了，本着花了钱不再为难胃的原则，就没有再动刀子了。倒是饭店门外的一片花草地很给力，留下了不少人的杰作！

笑得跟花一样的灿烂吧

本想仰望星空，谁知道它竟然出了太阳

目的地之三：滑铁卢大学

风景如此之好，当然学生们也是很开心了。我们在湖边游玩时，就看见三个貌似中国留学生在湖边闲来无事——钓鱼、遛狗！

滑铁卢大学校内的小湖中野鸭母亲带着孩子在湖中自由自在地畅游，这里学者学术是否也这样呢？

不看不知道！滑铁卢大学是我目前见到的校园环境建设最好的大学，估计与土地不值钱也有关系吧。以前总觉得中北大学风景不错，到了约克大学才知道山外有山，不过滑大最大的悲哀就是缺少人气！不仅是滑铁卢，估计整个加拿大也是如此吧！

目的地之四: 劳埃尔大学

劳埃尔大学也是我见过的大学中比较mini的一所, 校园很小, 也很紧凑, 也只有这所大学有点类似于中国的大学, 有"校门"这一现象, 其他的大学我很少能找到像中国那样有豪华气派的校门, 就连多伦多大学所谓的"校门"也就是几根柱子, 旁边有一行很不显眼的"多伦多大学"字样, 仅此而已。

成长哲学

【职场识人7技巧】

1. 看他有没有朋友, 有什么样的朋友; 2. 看他怎么花钱, 都把钱花在了哪儿; 3. 看他说话关键词的曝光量, 以判断他的心理和思想倾向以及价值取向; 4. 看他有什么嗜好和偏好; 5. 看他是否尊重别人; 6. 看他对事物的基本态度怎样的; 7. 看他的道德水准和诚信度。

Mountain Hall

Prairie Hall

Maritime Hall

MAXIMUM
40
km/h

目的地之五：圭尔夫大学。校园内

在圭尔夫大学校园中心，竟然看不见一块大学logo标识牌，在别的大学至少带有校徽的标志牌随处可见，表明这是大学校园，可这里什么都没有

感受加拿大 Morningside Park Hiking

Morningside Park

　　两天前收到北京协会的邮件，本周末在Morningside Park组织活动，欣然受邀。本来四人一起同行，因Shiyuan身体"有恙"，故此三

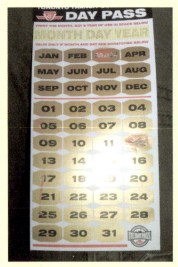

这就是TTC的daypass，正面是日期，从刮开的数字上来看就知道这张票是几月几号使用的。　这是背面，使用说明

人用一张daypass，虽然有点浪费，但比起每人用token还是很划算的！daypass是TTC公司的"天票"——在一天内使用有效，并且可以是两个大人和4个19岁及其以下的孩子，或者一个大人和5个19岁及其以下的孩子。只要是TTC公司的车你都可以随便上下，也可以去任何TTC公交和地铁所能到达的地方，这种daypass对于家庭整体行动很是便宜，一张才＄12.5。尽管我们都超过了19岁，但是我们的年龄对于西方人来说始终是个谜，国人的长相除了个别特殊外，一般人在西方人的眼里看上去总是比实际年龄偏小一些，换句话说，同样的年纪，西方人比国人看起来要老很多，再就是西方人对于问别人年龄是一件讳莫如深的事情，我们就这么堂而皇之地上了车。

仕嘉宝轻轨车站

　　国内流行着一句话：阅人无数，不如名师指路。多亏司机大哥的指点，在公园门口给我们停了车，并告诉我们到站了。要不，得走多少冤枉路啊！但话又得说回来，并非有了名师你就万事Ok，你还得有读万卷书行万里路的底蕴。有了伯乐，但首先你得是千里马才行。尽管我们不是千里马，但绝不是笨驴。一般我们出门前都做功课。公园入口好几个，尽管没有百分之百的确定这个入口是正确的，但是也有个八九不离十的把握，至少方位和目标是明确的。果然大本营就安扎在公园内停车场附近的大草坪上，人不是很多，大多是老同志，我这算是年轻之一了。不过今天在公园里徒步，倒是听到了许多新鲜的事情。一路闲聊，从转基因食品，到出来读博找工作的不易，再到小留学生过来上高中申请大学。奇闻轶事，见识颇丰，再次感到走出去，多交流才是真理！

或许在大家的印象中，西方国家的大学是不需要考试的，只要你申请就Ok了。今天A算是现身说法了（姓名叫不上来了，暂且称呼A吧），他家儿子正在备战申请大学。

公园内的河流安全措施不错，就这么个小河，人迹罕至，但救生圈以及拉杆等救生设施都配备齐全。这样的救生圈及拉杆在小河沿途的每一处拐弯湍急的地方都有配备，在国内估计早就被人拿走了吧。

其实西方学生在申请大学的时候并不是大家想象的那么容易，在十一年级（类似于高一吧）及其以前，孩子们确实很幸福，主要是玩，但是到了十二年级就是大家的"分水岭"，学习好的准备申请大学，并在今后的两年内（高二高三），你的主要学科成绩要特别突出，并且还要保持你的成绩名次不能向下波动太大，否则会影响到你被录取的几率，也就是说这两年相当于你的大学预科。如此说来，国外高中生的后两年学习也不轻松啊！

同行的一位北大退休老爷子的姑娘在纽约大学博士毕业后，去斯坦福大学做博士后，现在多伦多大学任教，刚刚申请到了终身教授，老爷子很是兴奋，大谈国外上学及工作是多么的不易，相比起来，国内的教授是如何的轻松舒服。老爷子说了两个故事，其一是其姑娘申请这个终身教授。在国外高校当终身教授才算是"铁饭碗"啊，否则你都有可

徒步完毕，老的少的男的女的会餐，下饺子，煮面条，喝绿豆汤，吃西瓜，嗑瓜子……

能随时卷铺盖走人，他姑娘从读博，做博士后，到这终身教授也是一路辛苦，为了这些甚至不敢要孩子，这不快四十了，小孩才一岁半。这一点我很认同，读博士本来就不容易，国外读博士更不容易，还是个女博士。常说人分三种，男人，女人，女博士，可见女博士的艰辛程度不一般，不仅要耐得住寂寞，还要受得起别人异样羡慕的眼神，许多高学历女博士就是这样把自己大把的青春奉献给了读博阶段！强烈建议想做女博士的一定要结婚后再读博，要不会很辛苦很辛苦！

　　老爷子的另外一个故事说的是一个国内的博士，都已经拿到了两个博士学位了，为了在国外拼闯，放弃了国内位置，由于国外项目进展的不是很顺利，迫于压力想解脱，直接从大楼上给跳下去了。

　　人生苦短，为何强求？

公园内的公共烧烤架，这东西在加拿大许多公共的草坪上都有，约克大学宿舍边的草坪上就有几个，一开始还真没闹明白是啥用途

感受加拿大 Hope Shelter

这不是工厂在加工什么面包，是我们在分装食物，准备派送给那些无家可归的人

都说加拿大是披着资本主义外衣的"真正"的共产主义。

无家可归的人在世界的哪个角落里都有，加拿大也不例外。今天在campus church参加了一场活动——派发食物给那些无家可归的人。大家在Bible学习结束后，在学校的学生中心集合，吃带过来的餐点，具体是谁带来的、谁做的没有问过。以前在coffee house教堂里一般是potluck，也就是参与的人，每人自带一份菜，大家在一起share。

餐后大家动手，把面包、苹果、饮料、葡萄干、点心一袋袋分装好，再送到downtown去分发给那里的无家可归的人。行动分两组，我们去的这家叫hope shelter，在多伦多大

学附近。在加拿大这样的shelter有很
多，据说每个区都有，大多属于教
会和政府合办。在这里有免费的食
物提供，有澡堂，提供住宿，还有
电视可看，跟国内的一般招待所
环境差不多，由于人多，气味不
是很好。我们送过来的食物，部

我们在学生活动中心二层用餐，平时这个campus church
人很少，每次就那么五六个人，今天算是最多的一
次，15人。饭后，我们开始干活，分装食物

分人只是挑拣了饮料、苹果以及葡萄干，至于那些
抹了类似于黄油和加了青菜的面包竟然都没有打开就直接扔掉了。有时
候实在有点不太理解西方国家的这种做法，这群懒鬼们，不去自食其
力，在这里坐享其成，还挑三拣四。他们这些人并不是我们大家想象
的老弱病残，我在这里见到的大多四五十岁的年纪，当然上了年纪的也
有，还有二十多岁的，俨然他们把这里当成了衣来伸手、饭来张口的家
了。

　　　　　　　　　　　　　一起过来的一老黑告诉我，
　　　　　　　　　　　说这里的人鱼龙混杂，什么人都
　　　　　　　　　　　有，吸毒的，无所事事的懒鬼
　　　　　　　　　　　们，还有那些临时没地方住的外
　　　　　　　　　　　来人员都聚集在这里。我们就看
　　　　　　　　　　　到一位年轻的黑人，一个人坐在
　　　　　　　　　　　角落里，闲聊才知道他来自夏
　　　　　　　　　　　纳，是个学生，临时没地方住就

我们全部要分装在这样的纸袋子里，每袋里有一袋饮
料、一小盒点心、葡萄干、一个苹果，再加上两片抹
黄油加青菜的面包。苹果都是洗干净的，就缺面包包
装

来了这里。

　　这是一个怎样的社会？我很想深入地了解一下，我虽然带了相机，但是大家对我的相机很是敏感，工作人员提醒我这里是不允许拍照的。在这里

正在分装中

有一面信息墙，上面有一些招工、买房信息，以及这里的一些规定等等，就连这些信息也都不允许拍照，只好拿手机偷偷地拍了一张。

大家露个脸吧

学校的学生活动中心，下面一层是餐厅

这就是shelter二层大厅，大家在围着
拿食物，我只好拿手机偷偷地拍张
他们的背影。

这就是hope shelter，直译过来就是国内
所说的收容所吧。

附：加拿大温哥华市的收容所就像一所免费旅馆（组图）：http://
www.voc.com.cn/article/200908/20090819114853224.html

感受加拿大 富人区豪宅

　　早听说多伦多的富人区，今天有幸在小蔡的带领下去转悠了一圈。豪宅啊，本想找个停车的地方，下来好好拍一通，但整个街区却没有一个停车位，停车位均在私人领域之内，我们只好放缓车速，每路过一户豪宅就端起我的canon450d，拉长镜头，充分发挥18～200的优势，

成长哲学

【成长中的十大自律】

1、失意之时不抱怨；2、得意之时不张扬；3、创意之时不烦琐；4、起意之时不狂妄；5、随意之时不邋遢；6、惬意之时不放荡；7、遐意之时不自忧；8、逆意之时不慌张；9、留意之时不分神；10、顺意之时不癫狂。

拉回远景咔咔连拍，看来当狗仔队也着实不容易啊，在这里偷拍是要冒风险的，看见有人路过要赶紧收起镜头。在一户门口看见房子不错，放缓车速，正拍的兴致，后面来了一辆豪车，我们给挡路了，赶紧往前挪动，并收起相机，谁知他们径直开进了这家门院，感情这是他们的家啊！我们赶紧溜之。这里可都是有头有脸的人，若是被他们发现，还以为我们是"踩点"的呢。惹不起啊，还是躲着点……

感受加拿大 BMO银行

都快忘了今天是六一节。在偏僻的village里有一种与世隔绝的感觉，除了上网看到那些血腥的人吃人的爆炸新闻外，就什么也不知道了。前些日子美国的裸男啃食脸，今天又爆出加拿大有邮寄给保守党总部的一只人脚案件有了进展——被害人来自中国武汉的留学生，还有今天又爆出美国的大学生把舍友的心脏和部分脑组织给吃了，世界之大无奇不有，只是吃人的越来越多了。

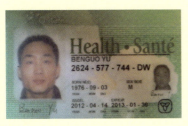

在加拿大许多地方都需要带着照片的ID卡来证明你的身份，5月27日开放日的时候想用daypass混一下TTC就没有混成，主要是亚裔的司机，知道咱们的"底细"，所以去downtown的时候多花了一个token，后来上车专找西人司机，一点问题没有，正是应了那句：老乡老乡，背后一枪！

今天的雨特别大。本想昨晚上做实验时就应该取款把房租金给交了，但奇怪的是竟然忘了拿装银行卡的钱包，搞得昨晚在实验室饿的得都没钱买吃的，只好在网上求助。

BMO银行的服务还是不错的，前面日记里也提到过有中文服务，银行的那位中国小伙看上去服务态度也不赖。接待我的是位西方人，他听我说

这个草坪我只照下来一部分，它还有一部分是花园。

要取款，问我有没有护照，我说有护照但是没带，又问我是否有带照片的ID卡，我说忘家里了，再又问了我的住址和邮箱号码，住址当然记得，但是邮箱号码我以图片的形式保存在手机里，向其展示，西人看了之后还在犹豫，我明白他是怀疑我的卡，可能我给他的感觉是这张卡我是捡来的或者蓄意偷盗来的。我告诉他我有密码，并向他表示他的工友中国小伙应该认识我，因为我在他手上办理过好几次业务，但是中国小伙也只是向他说明他曾经给我服务过。没辙，西人让我去中国那位小伙的柜台办理。我咨询中国小伙，"我有密码，还需要那些证件干吗？""这边的银行在柜台办理业务是不需要密

5月27日 doors open 参观。这样的豪宅加上下面的一个大草坪，若境是私人领地，你会做何感想呢？

卡萨罗马城堡，曾经的私人领地，知道这座城堡的仆人住哪里么？就在对面的另一座建筑里，如右图所示。

这座建筑就是卡萨罗马城堡仆人们住的地方，里面没有维护，很是破落了。坐落在卡萨罗马城堡建筑的左前方。

码的，只要有卡就可以，所以需要你出示能证明你身份的证件。"这让我想起了办公室Xiangsheng跟我聊起来的一件事情。

　　Xiangsheng跟我用得都是同一款笔记本，我觉得笔记本很慢，怀疑是杀毒软件在搞鬼，问Xiangsheng用的什么杀毒软件，Xiangsheng说从不装那些垃圾。我纳闷，那钓鱼网站一旦盗取了密码，那银行的钱不就等于拱手送人了么？Xiangsheng告诉说，这边的银行跟国内服务是反着的，也就是说在加拿大银行里你的存款若有损失，银行是要先赔付的，除非银行有证据证明钱是你监守自盗，证据是银行提供而不是储户提供。有一次他的银行卡密码被盗，有记录他的卡在安省以外的地方被消

在canada life大楼上，刚好有
游行队伍经过

在canada life大楼上鸟瞰全景

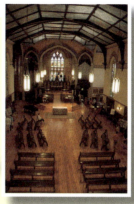

church of the holy trinity 开
放日，从二楼上往下俯瞰

大街上的风景也不错，
看见这个装束没有？大
大的裤管，长长的尾
巴，奇异的发型，还是
个女的

yorkdale商场的停车场。这个
场景让我特震撼，每次从
downtown坐地铁回学校看到
这场景总想拍下来，但每
次都以失败告终，看到了
这个场景才真正体会到什
么叫车轮上的国度。

费了几百元，向银行报告了之后，银行立即赔付，至于谁盗走的，那是
银行和警察的事情。

这又让我想起了多年前许霆案件，自动取款机多吐了钱了却要取
钱的人为此进入监牢，再想想前几天英国的自动取款机程序出错，双倍
吐币时排队取款，银行在发现之后网上声明，取款储户不必为此返还。

国度不一样，责权也不一样，尽管同样是银行！

感受加拿大 公共图书馆

在国内从来没有注意过图书馆，上大学的时候只是在毕业前做毕业论文的时候进去查过资料，毕业后基本很少进大学图书馆，社会公共图书馆更是不知道门朝哪开了。到了加拿大感觉泡图书馆却是一种很好的享受。

刚到加拿大约克大学，朱老师第一件事情就是带我到大学图书馆办理借书证，再就是自己到公共图书馆办理借书证。办理学校的借书证一是为了方便借书，另一方面也是为了方便给自己一个身份，比方说去学校的ESL学习，我是没有学生ID的，借书证也就成了我在约克大学的

A：我的居住地；B：让我跑了冤枉路的mimico adult centre；C：离家最近的公共图书馆

身份；办理公共图书馆的借书证，倒不是想去那里借书，是因为这里的公共图书馆经常有一些免费的参观门票领取。比方说皇家博物馆、艺术馆以及什么城堡之类的古建筑门票等等。今天在Sanderson library还发现公共图书馆其实也是一个很好的休闲场所，不仅环境好，服务设施也很到位，里面有免费的网络，还有很多的时尚书籍，更难能可贵的是这边的中文书籍也不少，比方《给你一个亿》等。

约克大学借书证到现在为止还没借过一本书，但在我搬到downtown之前图书馆基本是我常去的场所之一，那里的环境以及学习氛围吸引着我，倒是办公室被冷落了。公共图书馆承担着一部分政府的事务，比方说移民们的语言学习就是由政府提供资金资助。昨天从Wales Ave出发步行到Gladstone Ave，背着我沉重的行李找到了mimico adult centre，想咨询一下英语学习班的事情，得到的答复是暑期关门，只有另一所bickford centre有暑期班，让我去那里问问。因离这里比较远，在bloor west，我的衣服都已经被汗浸透了，实在不想再走了，于是拿出一个token上了TTC电车，赶到离住的地方较近的公共图书馆sanderson library，在地下室找到了ESL教室，老师问了我基本情况，就告诉我说这里只针对有枫叶卡的移民们，像我这样的身份是不符合要求的，我需要付费到一些ESL学校去学习。我何尝不知道这些，前天去了chinatown的多华会，也是这样的情况，对于有枫叶卡的移民来说都是免费的，而我却需要支付一小时＄7的学费。我问她我是否可以付费在这里学习，因为这里离家比较近，老师表示不可以，她不是管理者，并问我是怎么找到这里来的，我告诉她是我刚去了一个学校，那里暑假不开门，老师推荐我到公共图书馆来看看，所以我就想到了这里。可能老师被我学习的精神所打动，最后快速说了一通，由于带有很浓厚的西班牙语系的发音，也很有点类似于俄语的那种转舌音，我只听懂了个大概，在我复述后，了解她的意思是：如果你愿意来听课也可以，但是不可以告诉那些学校的老师们以及我的朋友们我在这里是免费的学习，第一，要是被政府或者管理者们知道了，她会有些麻烦；第二，要是我的朋友们都来这里学习，人太多她没办法处理，并且一再强调，对于我是个"exception"。我在做出保证后，老师拿给我一张上课的时间表，并再次嘱咐跟学员们在一起也不可说我是访问学者身份，只能说是一个newcomer。

今天9:30我就过去了，学习者还算不少，加我11人，其中中国人含我估计是6位，因有两位不在我这个group，也没有交流，更没有听到他们说中文，所以不敢确定。我们group四人，一个中国小伙 3 月份刚从沈阳过来，大学还没有毕业，算是移民了，另一位是从哥伦比亚过来的，原来在医院做管理，还有一位是从法国移民来的，具体做什么不知道，只知道她喜欢写作，已经出版了 4 本书。

老师就这一位，叫marina，不仅她的口音不是太纯正，而且语速也是很快的，对于我来说确实是个挑战，这里的英语水平多是在3至4级，也就是还没有达到上大学所需要的英语等级——5级。

今天对于我是第一课，大家学习一篇关于加拿大的铁路史，其中有一段是关于华工的，感觉那就是一段华人的辛酸史，也暗示了华人的悲惨境地和受歧视的程度："some claim that along the British Columbia

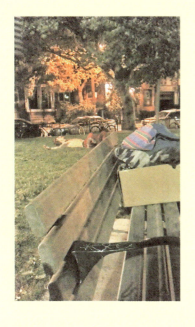

section of the railway , every kilometer of tunnel and track was stained with blood. Workers were killed by explosions , flying rocks , or falls from narrow passages...the Chinese workers were willing to work for lower wages than other labourers .Many Chinese men died working on the railway."

来了downtown一周了，晚上也没有出过门，尽管门口就有一个小park。今晚闲着没事，就在那闲坐了一回，貌似一个流浪汉带着他的两条狗，问我今晚怎么样，是不是有点hot，我说感觉有点冷，只见他脱了上衣，慢条斯理地卷起他的卷烟，点着了很深地吸了一口，就躺到草坪上去了。我在想，同样的环境，他怎么就感觉热我就感觉冷呢？

他的两条狗，一条黑的，一条黄色的，这条黄色的就在我跟前躺下了，我问他我可以touch么，是否会咬我呢，他说可以抚摸它不会咬我的。我小心翼翼地摸了摸狗头，果然很乖。任你拨弄它的耳朵，连眼睛都不眨一下。

感受加拿大 杭州推介会

　　刚从杭州市多伦多海外高层人才交流恳谈会回来，说是交流会，其实就是杭州市来多伦多的招才引资推介会。

　　得到这个会议的信息是即将来加的国内朋友发给我的，建议我去瞅瞅。不过手续有些烦琐，要递交一份个人简历表格。对于我来说，参加这个活动的目的是想开开眼界，最主要的一点也是最重要的一点，还是参会信息上备注的"会后备有晚餐"，要知道在约克大学我去听报告的大部分目的都是冲着免费的午餐去的，当然好"免费的午餐"这一癖好不仅仅是我一个人的行为，因为我也是从别人那里取来的经。虽然说的是午餐，其实也就是面包糕点，一些青菜叶子，外加咖啡饮料。要知道在AA制的国度里，对我们这些穷的都不敢当屌丝的人来说，免费的午餐还是很有吸引力的。再说了这可是正儿八经的国内地方政府免费的答谢晚餐呀，无论如何也得去尝尝，且不说是去帮他坐场，就为了不是AA也该去一下。

　　酒店位于Yonge和Gerand的Delta Chelsea Hotel。会议流程跟国内的一致，签名登记，每个座位上都摆有一个手提袋，装有宣传资料和一份

浙大海龟创业会执行会长及加拿大浙大校友会副会长
施建基

小礼品。小礼品是很值得一说的，一条杭州丝巾和一个4G的U盘，尽管容量小了点，有总比没有强，而且丝巾作为杭州的一大"特产"，是一种很好的城市形象宣传。中国的会议都不会让参会者空手而归的，总得手上有点什么提溜着，这一点我在来之前就已经想到了。此刻我的心态就像是一个成功得手的小偷，来了哪有空手回去的道理？那个心里美滋滋的难以言表，但美滋滋也只能藏在心底，表面上却还装的相当的镇静，感觉像是在演戏。余杰写的一本书在国内找不到，叫作《中国影帝》，其实影帝又何止他一个？许多大大小小的人物都在演戏，台上台下，人前人后，只不过每个人的演技深浅不一罢了，炉火纯青的就是见人说人话见鬼说鬼话，逗你不是目的，目的是要斗死你。

参会的人员不是很多，大概有六十多人，没有大面积的宣传传播。也有人说这也就是大家想出来转悠的一个由头，打着海外人才招聘的幌子，让其成为名正言顺的出行外衣。他们这一推介会从美国的西海岸旧金山登陆，再转战温哥华，到达多伦多已是第三站了，下一站的目的地将是再次入境美国东海岸的波士顿。这次与会的人除了多伦多总领馆官方代表外，大多是华人华侨团体、协会人员。坐在我身边的一位"老华侨"（说他是老华侨，是因为他已经在海外旅居了20多年，英国10年，新加坡1年，剩下的都待在加拿大，这期间仅回国一次），问我上一次宁波的招聘会来了没有，我说我没有得到信息，他告诉我说宣传途径确实不是很广，能坐在这里的绝大部分都是有一定的经济基础，还有一定的脸面，能够挑起重任单干的人。还听台上的陈局长说下次九月份还要来一波。从其发言来看，他们是每年都要出来走一趟，搞这么一次推介会。在我看来，浙江省的这个招才引资确实是走在国内其他省份的前列，包括资金扶持、政策倾斜等，当然这有它得天独厚的一面，就像会前播放的杭州宣传片一样，单不说新、旧西湖之美，就凭"上有天堂，下有苏杭"这句话就足够了。

这次会议是由加拿大浙大校友会承办的，至于局长及领事馆参赞们发言说了些什么，我没有太多的注意，浙江海智投资管理有限公司的董事长兼加拿大浙大校友会副会长的发言倒是很值得聆听，毕竟是恢复高考后头一批出国的人，阅历丰富，就算是信口说一段也值得咱们去咀嚼好几天。他的整个发言由四个单词串联构成：who、why、how和where，这几个部分是我感受最深的：我是谁，我为什么，我怎么做，我要去哪里，怎么由"海鸥"变成"海龟"，以及发展的硬道理——"抱团、结伴、找资源"。听领导讲话从来没有觉得时间会过得像今天这样快，真是希望他能再多讲一点，哪怕把when也补上，奈何天下哪有不散的宴席啊！

感受加拿大 美签

从大使馆出门的右边看过去，它的
门前是不让停任何车辆的

美国在加拿大的使馆：225 Simcoe St, Toronto,
ON, M5G 1S4

这就是那棵让无数签证人员怀念的树，树下
什么都有，打火机、小刀……

在加拿大办理美国签证〔U.S.A. Visitor Visa （B1/B2）〕其实是一件很容易的事情，但是许多留访人员因不得要领，相信网上攻略，把美国鬼佬奉做神一般，其实大可不必。

在加拿大办理美签首先要到网上填写申请表——DS160，网址：https://usvisa-info.com/en-CA/selfservice/login，一路填写下去大概20分钟左右，这其中有一些东西是可以省略的，比方说照片你若没有，你也可以省略过去，但是为了省钱，你还是最好弄一个传上去，现在大家都有数码相机或者分辨率比较高的手机，拍一张就可以了，照片上传最好是近期的，签证网上有一个裁剪照片的软件，直接把照片对准图像框，再点击保存，上传就ok。当然，你若没有也没有关系，美大使馆内有照相的，自动投币＄10，所以最好身上带上＄10面值的，当然你也可能运气不佳，就像我一样，花了＄10，最后他还是说你的照片不合格，但退钱是不可能的了，按道理说，我在你这照的，你说不合格，那得给我重新照啊，否则给退钱啊。但你就别指望了，这里没有道理，只有强盗逻辑，就算你的英语很牛×，你还想拿签证不？那就乖点，毕竟在别人的地盘上啊！那照片咋办？你得再到外面的照相馆去花上＄12照一个，照相馆不远，出大使馆右手边，大概不到200米，就有个小店，门口可能会有一个牌子，passport photo！

在填写申请表格的时候，注意有一项是填写在美国停留的时间，这一项你可选择低于24小时，这个时间与他给你的签证是没有关系的，签证下来一般是一年期的，所以你放心好了，低于24小时可以省略一些表格的填写，比如在美国的联系人、地址等等信息。当然还有许多人在担心签证时是否会被问到24小时的问题，按照过来人的经验，都没有被问及这个问题，若真的被问到，就直接说去buffalo购物，顺带逛尼亚加拉大瀑布，这个一天就回来了，这个故事还是可以编的。

填写个人信息资料时，尽可能地使用你常用的邮箱，这个Email是接收你的D160表和预约面签时间表的，这两份文件收到后要打印出来，跟护照一起是必备文件。当然预约面签时间的这份文件可能随时有变，这个取决于你是否刷新预约时间，以最后一次刷新后收到的Email为主。

网上填写完申请表后，你需要做的一件事情就是付款，现在已经涨了＄20～160了，预约面签时间第一次是自动排序的，网上有许多经验说是半夜的时候起来登录后再刷新面签时间，看见前面日期有空缺的就直接选中再点保存就ok了，其实完全没有必要半夜起来，就算是别人临时取消了面签，他也不会是半夜起来去取消啊，所以你随时都可以登录刷新，见缝插针往前赶！一定记住，你刷新的时候若没有新的空缺日期，那就不要点击保存，直接关闭网站就ok，若是点击了保存，你的日期会往后推，我第一次不明白就往后推了好几天。

准备材料可能大家最关心，除了护照以及你申请完毕后Email里收到两份文件外，可能你还要准备一些材料，但是据我所知道已经申请过了美签的留学生及访问学者，基本上都没有看任何材料，仅仅是问了几个问题就ok了，当然你要是不放心你也可以准备几个材料，以下是温莎大学网上挂出来的美签需要准备的材料：U.S.A. Visitor Visa （B1/B2）http://www.uwindsor.ca/isc/USA-visa。

违禁物品

去面签时一般提前30分钟到达美大使馆就ok了，到早了也没用，不让进的，不过那附近有个星巴克，在大使馆出门的左手边，你可以在里面喝杯咖啡悠闲地等着就ok，一般是提前30分钟排队。我四月份的时候去面签时不可以带包进去，排队的地方有一棵大树，许多人的包就放在树底下，但是前两天（2012年6月15号）陪一朋友去面签的时候，看见许多人都可以带包进去的，以防万一，包里最好也别带什么值钱的东西，万一哪天美国佬又不让带包进去呢。

进去面签时第一步是过安检，比入关时还要严格，优盘都是不可以带进去的，里面有个存储小件的地方，给你一个塑料牌子，出来时一定要记住换回你的物件，隔天了你就算是给美国鬼佬做贡献了，我的一个非常小巧别致的优盘，8G，金黄色的金属壳，由于忘了取了，回家才发现包里多了一块塑料牌子，等到第二天还牌子的时候，人家像没事情的一样把牌子放回去了，压根不提我的优盘，我再三追问才告诉我，去外面咨询室，咨询室的

这个就是寄存小物件的牌牌，想到美国佬的卑鄙行径就想敲他们

看看鬼佬的最后答复吧。

人给我一个Email，让我联系。后面的事情大家可以想象，说会尽力去找，但最后的结论是找不到！最多你也就只能发发邮件骚扰一下，但是那是无济于事的！

面签最常问的几个问题无非是你从哪里来，要到哪里去，在这里干什么，什么时候来的，去美国要干什么，待多久，现在的学历，你结婚了没有，在美国有没有亲戚朋友，家里的人都住在哪里，你研究的是什么方向。假若你真碰上了250的签证官，那就麻烦点，问的可能要多一些。

最后的结果无非是两张纸，一张白纸或一张粉色的纸，若给你一张白纸，那恭喜你，一切搞定；假若是粉纸，那就是你既浪费了＄160又浪费了时间。其实这个完全取决于签证官当天的状态。

签证其实抱一个平常心即可，就是去办理一个手续么，能签最好，不能签拉倒，若是这个心态必过！

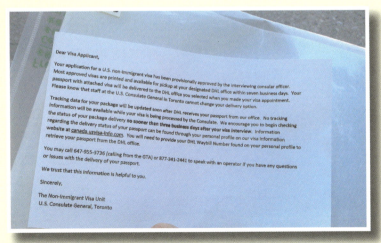

得到这张纸就表明你已经通过了

感受加拿大 布鲁斯半岛

前往布鲁斯半岛路线图

有幸花了两天时间自驾游玩了布鲁斯半岛（Bruce peninsula）。刚在网上搜索了一下关于这方面的网帖，才发现大多数人游玩三天，并且他们的总体印象是："惊人的美，惊人的纯净，人迹罕至的半岛，仿若人间仙境，大自然的鬼斧神工，令它的美展示得淋漓尽致。"

布鲁斯半岛是加拿大安大略省东南部尼加拉陡崖的延伸部分。在多伦多的西北边，突入休伦湖内100公里。半岛上主要城镇有欧文桑德（Owen Sound）和怀尔顿（Wiarton）。从多伦多到布鲁斯大约300公里左右，单程4个小时左右的路程。

我们一行三人，早上将近8：00左右才从约克大学出发，上400高速公路转26号高速，再转6号高速公路，6号高速公路的尽头就在布鲁斯半岛的湖边上。我们走之前没有做什么准备，仅仅只是买了一些苹果和葡萄，至于面包、火腿肠、酒水、西瓜都是在进入半岛之前的途中小镇购买的。旅店是提前预订的，＄128一晚，当然不是hotel了，是motel，我们就住在blue bay motel。酒店还算可以，很干净，有独立卫生间，比我们想象的要好多了，堪比古巴的四星级酒店，只是房间有点小，我们三人就此对付了一晚。加拿大是一个比较干净的国家，水质、空气质量是毋庸置疑的，一般地方的凉水是可以直接引用的，在市内许多公共场合，甚至户外的运动场所都装有室外直饮水龙头，空气质量就不

沿途风景美如画，但是没法拍呀，赶时间啊，赶上这两天是我来加拿大最热的两天——35C°

...以前这个场景只是在照片中见过，这一个个圆圈似的东西是收割起来的草捆

用说了，许多人都说在国内什么鼻炎了、咽炎了之类，与空气质量有关的毛病到这里基本都不再犯了，可见空气污染指数之低（空气污染指数在0~50之间，级别为一级，对应空气质量的类别为优，表示颜色为绿色。这时的空气基本无空气污染，不会对人体健康产生危害，可多参加户外活动，多呼吸一下清新的空气。空气污染指数为51~100的话，级别为二级，级数越高，污染越严重。）所以在加拿大公共场所大多是很干净的地毯，如机场和一些办公场所，我们住的motel也是地毯，于是把两床被子铺在地毯上就成了我们的第三张床。

我们到达blue bay motel的时间大概在13:20左右。休息了将近一个小时，便去了附近森林里的瞭望塔，再返回酒店开车去syprus lake，围绕着horse lake和marr lake两湖边徒步，由于在horse lake岔道时忘了看路标，在树林里走了近半个小时不见人影，才发现不对劲，因为这段树林里苍蝇极其之多，很像牛虻，叮人，好在我长袖长裤，要不也跟他们一样，满身被叮的红疙瘩，奇痒，所以我们在树林里穿行时速度很快，稍有停留，苍蝇就包围了过来。虽只有半个小时，但以我们的速度应该会走很远的一段路程。赶紧拿手机GPS定位往回返，返回停车场的时候衣

旅馆房间

下榻的旅馆设施

服已经被汗水浸透了，回酒店的第一件事情就是冲澡。洗完澡懒洋洋地坐在酒店里补充能量，吃着西瓜，就着花生米喝着啤酒，别提有多惬意了！

第二天早上我睡了个懒觉，起床已经八点多了，九点我们才开始退房。我们行程中没有安排去坐船游岛，如看花瓶岛，看湖底沉船等等，当然这个费用也是不菲啊，三十多刀。我们是向回的方向行驶，沿途看湖边的几个景点，如Lions Lead、Hope Bay、Wiarton、Owen Sound等。沿途风景如画，正如其他网友所说，半岛人烟罕至，环境优美，湖像海一样，水天一色，漫无边际，特别是一些bay景，真是人间隐居的好地方，沙滩、海鸟、躺椅、森林、草场、湖景房……一切的一切对于

旅馆房间的外景

正在准备登塔

塔上鸟瞰，寒风嗖嗖，感受高处不胜寒

成长哲学

【如何节约时间】

1. 大事有计划；2. 不长时间无目的地阅读；3. 多利用等待的时间；4. 随时记录突发灵感；5. 紧急且重要事情优先；6. 巧妙地工作 而不仅仅是努力；7. 尽可能裁掉无结果的任务；8. 在早晨干有创造性的工作；9. 一次只专注一件事；10. 为事情设立最终期限；11. 尽可能多地授权给他人；12. 将小事集合起来一次解决。

我们来自"好脏好乱好热闹"的中国人来说，无限感慨，不尽向往，真有一种留而不返的念头。

【按照我们本次的约定，带车的司机不出油费，其他所有的AA，我共支付了＄110，很值啊，心灵的收获很难用物质来衡量。】

horse lake

在horse lake遇到一群中学生，由老师带领，感慨啊，这么险峻的地方也敢放学生出来，在国内估计早就被叫停了。国内的大学生们管理都进宿舍了，老师俨然成了保姆！在国外是难以想象的，除了课堂上，很多时间老师是不干涉学生生活的

向下望去，只见湖水是蓝色的，可见深度
不一般，只好卧在岩石上向下探视。尼亚
加拉大瀑布的水是深绿的，这里的水是深
蓝的，在近处观看都有一种恐惧感，感觉
有一种吸引力被吸引进去的感觉

这里有一个大溶洞，溶洞内部比较奇怪

看见没，水中蓝色区域比较亮，那是跟外面湖是通的，也就是说从这个洞内水底下是可
以游出去的

这个半岛尽头的小镇港口

这段湖边的苍蝇特别多，一巴
掌下去能拍死几十只苍蝇

沐浴更衣，喝啤酒

这里的人口才3900多人，因为我们来的不
是周末，所以很少看见人烟，偶尔遇见几
个也是跟我们一样来观光的

这可是实木的公共座椅，港口很多这
样的长椅

栏杆、栈桥都是实木的，在加拿大最不缺的就是木材和水资源，从来不见节约用水和节约用纸的广告，在加拿大上厕所是不用带手纸的，不仅这样，卫生间还有一种纸是专门用来洗手后擦手的，这就是人口少，资源丰富的好处

安静的小镇，安静的跟湖面一样的平静

安静到这么宽的路上没有车辆，我们在公路上上演着"人体行为艺术"

港口码头停靠的大轮船，汽车直接开进去，这都不稀奇，不过它的船体前面的部分能够升起来，还是第一次见

右边的这条路就是6号公路，从这里过来

小镇上少有人走，听说周末的时候，人很多

回来的途中，另外一个草场，近距离地接触草捆，这一对比就知道有多大了

知道哪吒咋回事不？

湖边，多么的惬意，有
不少房车在这里停靠

草场上的农家

这个bay的沙滩上还有沙排

这乡村公路是奇观吧，犹如抖动的带子

尽管人烟稀少，路还是要修好的，人文环境也还是要有的

回来的路线图

在小镇上看见的房屋出售信息，湖景房贵的也在＄60万左右，最便宜的也在＄8万左右，大多在＄20万上下，

结论：很值得一去。适合两到三天游玩，一天就别打算了！

感受加拿大 纪念Nancy

Dave的邮件

2012年6月25日

从上周收到Dave的邮件说Nancy had passed away开始，就一直心里觉得很堵。人这一生实在太短暂了，许多的事情你还没有来得及去想、去做，许多的人还没有来得及去谋面，甚至打个招呼，就匆匆地去了另一个世界！

碰见Nancy（Xing Liu）基本都是周五晚上在coffee house，一起分享potluck，一起学习、讨论Bible。第一次认识Nancy，我已经忘记了是谁坐在我边上低声介绍说那位就是Nancy，语气中颇有点羡慕。中等的个子，一头披肩长发，戴着一副眼镜，看上去是一位比较干练利索的女人，已经移民加拿大。给我印象深刻的是她那次给我们讲英语故事，她的英语非常棒，并显示出是一位性格比较活泼开朗的知性女人。倒是她的老公Jack

最左边的就是Nancy和她儿子Ray

（Xianzhang Wen）显得比较安静，话不多，两口子也是移民不久，带着一个五六岁的儿子Ray，还有一个女儿。Ray是个很活泼的小男孩，甚至有时候有点小淘气。Ray有时候也很可爱，玩累了就很发嗲地用英语跟Nancy说："妈咪，我瞌睡了。"然后站着趴在妈妈的腿上就睡了。

第一次收到Dave的邮件说Nancy因为脑出血住进了医院，检查结果是因为瘤子压迫所致，正在医院观察。这个邮件让我很惊讶，多么活泼的一个人，怎么一下子就住进医院了呢，要知道这边的医院不是那么容易住进去的，就算你做完手术也是回家静养。接下来的消息说是手术比较成功，回家休养。期间也碰到Nancy比较密切的朋友，说以前听说她经常头痛，吃点止痛药就扛过去了，可这次严重了，去了医院检查才发现了问题。当我们再次收到Dave邮件时是Nancy又出现了昏迷住进了医院，事隔一天就收到了噩耗。认识Nancy也不过才三两个月，从一个很活跃的人到她的离开仅仅两三个月。Nancy走了，留下的是生者无限的悲痛，这个家庭中年丧妻与幼年丧母的剧痛该怎么去承受？可怜的小男孩Ray，他是否知道妈妈去的地方很远很远，从此没有了妈妈那温暖的臂弯，也没有了妈妈的呼唤，就连叫一声妈咪也成了奢望。

今天是Nancy的葬礼，在加国的生活才刚刚稳定下来，甚至还来不及去感受，就客逝异国他乡，但愿她已经把这里当成她的国与家，没有了那种陌生感。此时，我倒希望Bible里说的God是真的存在，希望God能带她的灵魂去天堂，如果我们祈祷神灵真的能够感应，那我们现在就闭上双眼，在心底为Nancy默默地祷告。

感受加拿大 打工15小时

　　早就想在加拿大找份临时工，哪怕留学生们经典工作之一的端盘子刷碗也可以啊。可惜很少看到一些饭店贴有这样的小广告，碍于脸皮，也不敢主动进饭店询问老板。一次在一个鲁菜餐厅聚餐，好不容易看见餐厅招工，老板是个大块头的女人，自说来自山东，来加开饭店已十多年了。人多不好张口，但单独再来时，老板估计鉴于我身板不够壮实，就说了一句不需要了。

　　有些时候你很费心思的去找时，反而两手空空，倒是你不经意的时候机会却来得很突然，真可谓无意插柳柳成荫。去华人超市买东西，在肉部的柜台前有一招聘信息："肉部需要员工2名，有意者请到内部联系"，抱着试试看的心态咨询了一下老板。

这就是曾经工作过处处积水阴冷的地下室。

老板是一位不到五十岁，身材矮小，但有一双火眼金睛般的眼睛，酷似广东等东南沿海一带的移民，一头短发油光可鉴，真所谓如狗舔一般。老板说话很是爽直，直接问：以前干过没有？没有，我答道。其实一看也知道啊，我这像是卖肉的么？"你这儿的工钱怎么算？"我问。超市的工资一般都差不多，＄450左右啦，有卡么？要是有卡，工资每月打到卡上，可以多几十块钱。我打心里就没打算长干，打卡里面谁知道打了多少啊，还是现金结算舒服，毕竟吃到嘴里的才是肉嘛。现金结算吧，我回答！老板让我写下我的姓名和电话，并告诉我到时候会电话通知我的，并问我住得远不远。

在这里每天的午餐和晚餐是免费供应的，吃的还是不错的

一个星期后，正当我快要把这事给遗忘的时候，老板来电话了，说是可以到他那里去上班，周六开始，每周工作六天，每天早上9:00至晚上9:00，周六周日早上8:30上班。感情这上班六天制，每天工作十二小时啊，可这工资也忒低了点吧！这可起得比鸡早睡得比狗晚。先尝试一下再说吧，于是应允了下来。

周六一大早就上班去了，到达超市门口时已经有好多员工在门口等候了，倒是老板开着宝马姗姗来迟。老板将我领到肉部，向我介绍了一下带班的林经理。林经理甚是年轻，一看比我小多了，尽管他开始还执著地跟我说我比他小。有些人是不能用面容来看年龄的，尤其女人，如刘晓庆就是典型的例子，见了她你还真不知道该叫她刘奶奶还是刘妹子。

见过了林经理，老板说我归他领导就走开了。林经理递给我一个大围裙，并帮我套在脖子上，不看不知道，一看吓一跳，油乎乎的，真不愧是肉部啊！林经理把我领到地下室通道口，朝下面喊了一嗓子"周师傅，新来的，你带一下。"就跟我说下去找周师傅。我小心翼翼地下到地下室，一股恶臭味扑鼻而来，地下室极其阴冷，地面到处是水。周师傅带领我到另外一名师傅的工作台边，让我跟他一起装鸡腿。这位师傅话不多，看似忠厚老实，只是问我从哪里来，来这儿多久了，以前做什么。我因不是很熟这里的环境，也不知道哪些该说哪些不该说，只好打个马虎眼，说来了半年了，一直闲着。我也从他那里知道，他来加拿大才一个月，来这个超市是昨天才进来的，也就是说比我早了一天，按照中国进山门的规矩，早一天也得是师兄啊，看在他教我装鸡腿的份上叫他师傅也是自然的事情。别看在这里只是把鸡腿、鸡架、鸡翅等装成小袋，就这么个活也还是有许多道道的，鸡腿每袋不宜装得太多，每袋大概装六七只吧，也就是1磅左右，多了就没有人会买；装鸡架，一般三只一装，鸡屁股要朝下，装好后提溜着袋口，放出空气，旋转几周，就着袋口系个疙瘩，再拿刀子齐疙瘩割掉，装、系、割，这就是装鸡肉三部曲。

还有一项工作就是包装，有些东西是需要包装着卖的，如猪舌头，切好的猪排骨、牛筋丸、猪肉丸等等，摆好塑料盒子，加上纸垫，把"内容"摆放整齐，再放在保鲜膜塑封机上包装好，再拿到地面

这就是工作的一项内容

上一层柜台上称重、打价、贴码，累倒是不怕，关键我是一个新手，对这些物品很难分清，像牛筋丸和猪肉丸我始终没有搞明白他们有什么区别，唯一一点区别就是牛筋丸颜色稍微白一点，但是这个白还是不白的不明显，远远地看上去是这么回事，但是两个拿在手上，在我看来就是一样的，这就好像检测色盲一样，拿着隐藏着12345的卡片，让你去辨认，你只能是远远地去看，才能分辨的清。最要命的是标价，牛筋丸＄3.49每磅，猪肉丸＄2.69每磅，还有猪排骨又是另外一个价，我很想把这些价格写下来，可是师傅说不用写，多弄几次你就记住了，我在想，多弄几次？那到底是几次啊？这么多肉类，这么多的样品，真当我是学数学的！可学数学的也不是来记这些数字的呀。没办法只好硬着头皮记住这三个数一路默念到打码机前，好在本人比较灵活，这个打码机一看就会，等我打完牛筋丸、猪肉丸时，早把排骨给忘了，新来乍到不好意思再去问，咋办？我赶紧到货架跟前看看货架上有没有，阿弥陀佛，真有，照着价格抄一个就过秤打码！

在地下室干活的人还真不少，除了肉部，还有蔬菜部两位老大姐，说是老大姐，可年龄听说都快60了，周师傅看起来就快60的人了，他还要喊她们大姐。周师傅在这的人缘很不错，来自广东，已经移民，每年必须要在加拿大待够时间，两个闺女一个儿子都已经移民加拿大，闺女们已经结婚育子，就剩下小儿子还在读书，原来在国内包有2000亩农场，想必在国内也应该是个有钱的主吧，但既是如此，移民过来后还要在这地下室做这种苦工，很是不解。周师傅说他不喜欢这里，当初都是为了孩子，现在他每年在这里待够时间就回国。但是这两位大姐就不一样了，听她们说，她们不做这种苦工又能去哪里呢，英语不会，为了生活必须每天忍受12小时。在这里看似每个人都很忙碌，后来两位大姐告诉我才知道，这里横竖都有摄像头，而且这里每个工作台前都不允许放凳子，所以大家每天12小时只有在中午12:00和下午6:00吃饭的时候得以边吃饭边休息20分钟，工作如此的劳累，工资如此的低下，但是大家还是在监控下努力的劳作，因为除了这样的工作外，你没有其他的工作可选，为了获得这份工资，她们必须珍惜这个来之不易的工作机会，真可谓"今天工作不努力，明天努力找工作"。

第一天好不容易挨到了下班时间，我一直在犹豫着我第二天是否还需要继续上班，晚上回来洗澡后，累得倒下就睡着了。第二天一早我坚持着继续上班，说句实在话昨天在这阴冷的地下室的楼梯上摔了一跤，手也摔破皮了，尽管腿摔得不是很痛，但昨天穿的大短裤，让我的"老寒腿"着实有点隐隐作痛，还有那个2号冻库，里面冷藏的肉发出一股腐尸般的臭味，有好几次我就差点恶心呕吐了，这些都还不算什么，从农村里出来的人，这点苦算得了什么？真正让我受不了的是一天将近12小时的站立让我着实吃不消。午饭后，我做了一个决定，走人不干了，哪怕拿不到工资我也不干了，跟师傅提出了我的想法，师傅说可以，并说这个活本来就不适合我这种"细皮嫩肉"的人。逃离地下室，跑到肉部跟林经理说不干了，林经理稍有挽留，说把我从地下室调到前台来，我还是婉言谢绝了。辞别林经理，我找到老板辞职，老板也是痛快人，算了一下账，15小时，共计＄88，真是廉价啊！本着学习、体验的态度，也不在乎什么廉价不廉价了。

　　我不知道林经理的鼻子怎么会是那么的好使，肉的好坏以及是否还能继续上架全靠他的鼻子去闻，我想要是没那三板斧子还真是没办法干到经理的位子！在超市，鸡腿和鸡翅以及打包的食品类，一般都是新货在底下，陈货在上面，并且贴标签的时候要贴在商品有瑕疵的地方，如你要买肉，包装好的，那你就得注意了，说不定贴标签的地方就是一个骨头或者肉质不好看的地方；另外昨天的陈货，是需要下架重新包装再上架的。就如今天货架上的鸡翅没有了，我跟周师傅入库搬出来一箱准备包装，不得不佩服，师傅就是师傅，有问题一看就知道。说这箱鸡翅有问题，他赶紧又进库房搬了另一箱打开，感觉还是不对劲，于是让我上去找老大，我问谁是老大，当然林经理嘛，周师傅说。林经理下来看了看鸡翅，拿在鼻子下闻了闻，说不能上架，需要冲洗，再放回4号库冷冻。至于什么时候再拿出来卖，我不得而知了！

　　超市打工15小时，让我看到了国外的食品也不是想象的那样的安全，特别是冷冻肉品类。现在我看到超市卖的一些冷冻肉品，还会想作呕，也还让我了解了在加拿大还有这样的一群人，生活在这样的环境里，做着最累的苦力活却拿着相对少得可怜的工资，这就是发达的资本主义国家，离我们想象中的发达的资本主义差距甚远；让我了解了一个生活在异国他乡社会底层的这个群体，出国的并不一定都是住着豪宅，开着豪车，很可能生活在终日不见阳光的地下室，尽管回国时人模狗样的光鲜照人；让我了解了生活在加拿大并不一定都是幸福的，就如同我看见住在我房东家的亲戚回国一样，平时做工很辛苦的回来，满身脏兮兮的，但是要回国了，看他收拾的光鲜华丽，背上ＬＶ和ＧＵＣＣＩ的肩包，其实看似幸福的外表其内心深处都包裹着无处可诉的艰辛。

感受加拿大 就医

　　在国人以口诛笔伐甚至吐口水的方式来声讨国内看病难看病贵的论调中，我很想亲身体验一次，感受一下发达的资本主义国家的医疗情况，也好探个究竟。

　　前些天，访学刘老师在访学群内发布了拥有OHIP的可以去做一次全面免费体检。自从知道这个消息后，我一直在寻找所谓的家庭医生，但是走访了好几家均无所获，其中有一家就在唐人街，并有中文的招牌，上书繁体字"家庭医生"，上楼问询，得到一药店的老板答复，说医生不再收病人了，年岁已大准备退休，只好另寻。一次从多大回来的路上偶遇一西医门诊，推门进去一问，一位貌似港人的四五十岁女人用很不标准的普通

黄医生的门诊，实在太小了

黄医生的名牌，不知道为什么黄的发音变成了wong

体检项目单

话问我有没有医疗卡，我说有，随后跟我说在这里看病需要先缴纳＄30的年服务费，并解释说是医生用来写病历和给秘书的服务费。果然我在窗口上发现了一张中文纸贴"年服务费＄20"，20用双删除线修正过，在其下面改写着30。因为大家曾在群内讨论过看病是否需要缴费的问题，并从多方了解到这边家庭医生是不应该收取任何费用的。再次感觉到华人中有一种"老乡见老乡背后开一枪"的感觉，以前多起这样的事件让我对这个感觉更确信无疑。有两次乘坐TTC使用daypass，亚裔司机对我们非常苛刻，而同样的事情在西人司机则是没有任何问题，另一次是去给孩子办理入学手续，也是华人，检查了手续之后，告诉我租房协议不合格，说我现在的房东属于非法租赁，在逃税，并给讲大道理，最后还要附上一句:这并不是她在为难我，是履行手续！我不得不无功而返，将房东的手写体改成了打印体，到银行办理了个地址证明，再次去的时候刚好一个西人为我服务，二话没说，复印我的证件，告诉我"wait a minute，I will be back."几分钟的时间搞定，并告诉我开学的时间和学校地点，建议我最好提前一周到学校去咨询一下，最后还送上一句"Have a nice day."

最近身体确实有恙，通过指点在bathurs和eudia之间的dundas上找到了一个西人门诊，推门进去，一堆西人在坐等，估计门诊秘书见我是唯一一位华人，忙招呼我一声，我赶紧用蹩脚的英语说明了我的来意，最后秘书问我会说mandarin还是cantonese，我说会Chinese，最后秘书告诉我往前走有一个华人诊所，找Dr. Wang，说我的英语不太好，在这里跟医生不太好沟通。谢过之后，在十几米开外发现"黄以理医生诊所"的招牌，门诊里已经排了不少人，华人有之，西人老外也不少，其中有三位华人小姑娘估计是实习生。第一次找医生，不敢贸然行动，于是先找个位置坐下观察观察情况再说。从诊所墙壁上的信息了解到，病人是不可以有重复注册家庭医生的，也就是说你在同一时间段里只能有一位家庭医生，比如我第一次在这个黄医生诊所看病，那我的家庭医生就应该是黄医生了，我的资料就建档在这里。诊所在建档时需要问一些个人信息和个人生活习惯，如你的父母出生年月日，父母有没有什么病史，哪怕父母仙逝这些信息也是需要填写的，再就是你平时喜欢喝茶还是咖啡，是否饮酒抽烟，每天的量多大，以及过往病史等，这些你都得细细回答。

　　许多人在向往西方发达国家的医疗制度的同时，可他们忘了这里看病并不是想象的那样舒服。我早上10点左右到达诊所，到下午五点多才看完医生，实习生帮我量完血压、身高，我向医生说明了我的情况，医生倒是没有跟我太多地聊我的病因，而是跟我唠家常，问我从哪里来，干什么工作，怎么会有健康卡，可能他对我身份比较感兴趣，告诉我他1962年19岁就来到了加拿大医，现在已经70多岁了，他的子女现在也都学有所成，有当牙科医生，有当老师，话语中很是自豪，并说加拿大干与不干反正都有饭吃，所以许多华人在这边不重视子女的教育。要不是他自己说明，我还真没看出来他有70岁，在我看来横竖也只有五十岁上下的年纪。医生虽然问病情的话不多，但是该做的常规一项不少，尿样、抽血、X片、B超……在一张纸的项目单上勾勾写写，并告诉我去另外一个地方——450 college st.——去做X片、B超等，结果出来他会给我电话，并送我一张他的名片，说我也可以打电话咨询他结果。

　　自从早上10点左右空腹出门到下午5点多，饿得我是头晕眼花，门诊的墙上明显地贴着"出去办事贻误就诊的，需要重新排队"，尽管Tim horton不远，但还是不敢随便离开。因担心医生们下班，于是马不停蹄地赶往450号。我想饿着排队六七个小时在国内一般的医院还是少见的吧！前几天看见一则报道"多伦多一名105岁的老妪原先被告知可能要等两年之后才能搬入长期护理院居住，Feina Mileikovskaia过去六年里一直在等待搬入一个长期护理院的名额，13日获得通知说，她很快就可以搬入湾冠中心（Baycrest Centre）居住。"可以想象，105岁的老人入住长期护理院都还要等待，那其他的人呢？估计等到了也已经在哪个世界上班了吧！当然，或许这只是个别现象，或许是老人的健康出人意料地好，故此不符合申请的标准吧？

由于对加拿大的医疗体系完全陌生，按照医生给的地址找到了做这些项目的地方，在地下室，很安静，没见有病人，整个大厅只有一位西人接待员，她示意我拿出医疗卡，并坐在椅子上等待即可。没儿分钟出来一位穿白大褂的华人医师，他一见我很是热情，不等我开口，直接用中文向我问好，并拿上我的项目单看了看，轻声自语道：怎么要做胸部增生检查？转过身去跟接待员说了一番，这位西人接待员也用怀疑的眼光看着我，医师马上跟我解释说，可能是门诊医生认为我有胸肌拉伤的可能吧。这位华人医师很是热情，给我说门诊医生什么都要做检查，他必须得按照医生的项目一项项做B超检查并记录，说这需要一点时间，让我不要急，尽管下班了，但是做X片的医师还在等。令我想不到的是做X片的

这就是那个需要我交＄30年服务费的黎医生诊所。

小伙医师竟然也是华人。可能还是我身份的问题引起了他们的兴趣，同样问我的医疗卡怎么拿到的。他仅比我大两岁，共同话题自然不少，我们聊起了最近的约克性骚扰案件，聊起了我们上中学、上大学时填报志愿的政策，海阔天空，聊得很high。我临走时他们还建议我应该做个全面体检，反正有卡免费！我再次感谢他们俩为我而加班检查，结果他们

都说了一句让我很是感动的话："咱们都是华人么！"这不得不将我的"老乡见老乡，背后开一枪"的偏见范围有所缩小，毕竟遇到的男性华人都还是不错的嘛，包括那位银行的帅哥！

尽管我苦苦地饿着等待了六七个小时，但我还是觉得很值，至少没有让我掏一分钱！这次的体验又一次让我感觉到加拿大是懒汉和老弱病残的天堂。因为：至少没有人会因为没饭吃而饿死，这里有shelter，只要你愿意去，饭总是有的；没有人会因为没钱而看不起病，也不会因为你看病而倾家荡产，因为有政府医疗给你做强大的后盾！

补记：

周末接到诊所的电话，说是血检结果出来了，需要过来见一下医生。照例排队，等到我见医生时，依然是过去了好几个小时。医生在电脑上打开我的病历，说通过检查结果来看实可行，一切正常，不过缺乏维生素B12，需要自己去购买药物过来注射。好在隔壁就是药房，卖药的问我有没有保险，我说没有。登记过医疗卡之后，拿给我一小瓶药水，＄13.95，属于自费。后来才弄明白，这边的医疗免费指的是身体检查（如血检、尿检、B超、X片、心电图……），看医生是免费，但是要用到药物的时候，药物是自己购买，所以这边大多数人都有一份另外的商业医疗保险。对于那些需要住院的是个什么情况咱不得而知，据说是手术费免，药物费用走保险。

感受加拿大 波士顿

2012年8月4日从多伦多出发,十日自助游美东波士顿\纽约\华盛顿

　　去美国不是计划内的事情,在加拿大本只想去趟古巴,但仔细考虑,既然来了北美,就去一趟吧,再说了＄140的签证费都交出去了,签证下来了不去,怕以后签证会有后遗症。

　　这次去美国,是完全的DIY自助游。从买灰狗大巴票、机票、预订旅馆均是通过网络完成。在网上完成预订后,打印出来,上车、住宿等,拿出这张纸就Ok了。

在和平桥的加拿大这边等候入境美国的车辆

和平桥上看美国

和平桥上看加拿大这边，是不是差异很大？这就是为什么加拿大很适合养老，到处都彰显着悠闲。

入境美国的车辆通过类似如国内的高速路上的收费站，不过多了些监控。

　　许多人都有去美国自驾的想法，按照我游美东的经历，以及从经济角度来看，还是坐灰狗大巴比较合适和节省。因为在城市里你根本没法开车，那街道，那停车费，远没有你坐地铁方便合算。美国地铁还算方便，四通八达，地铁不到的地方均有地面公交对接，持某些地铁票可以免费直接乘坐这些地面公交。

　　按照我们的行程安排，第一站8月4号早上七点从多伦多坐灰狗巴士出发到达美国buffalo（水牛城）国际机场，车票13加元每人。巴士很准时，60多座的大巴，但乘坐率很低，出发时不到20人，直到尼亚加拉时才零星上了几个人。大巴上有厕所，还有免费的wifi可供上网，就是网速慢了点，不过有总比没有强。大巴十点半左右就到了和平桥，从加拿大桥头出境到美国桥头入境出关，尽管短短的不足一公里的距离，竟然用了将近3个小时左右。还好，我们buffalo的飞机起飞时间是3:36，车上一位西人老太太本来时间是充裕的，但是出关时间就等了2小时，1:00的飞机硬是赶不上。

从buffalo机场前往波士顿，到达的时候已经六点多了，按照我们做的"功课"，乘坐机场免费巴士到达地铁入口，拿到免费的城市交通地图，找到我们宾馆位置，分清地铁红、黄、绿线，购买地铁票。买地铁票还真的要仔细看清楚，不同的城市买票方式不一样，票也分好几种，有些网上攻略说波士顿有三天的旅游地铁票，可

飞机上的餐巾纸，这句话是不是很有意思？若有政治意味，是不是应该理解为：想打我之前，我先干掉你！

快到波士顿了，云端上看落日

自动售票机上有中文服务，可见有多少中国
游客来此旅游观光

波士顿地铁自动售票机上的
价格表

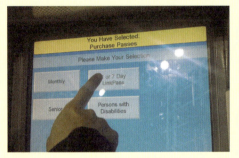

一定要选对，有时候尽管价钱一样，可出来
的票的功能差异很大

周票——7-Day

我们去了之后，发现没有这种所谓的三天的票，有周票、月票，周票＄18，可以不限次数乘坐还可以免费转换地面公交，很是方便。在国内城市好像还没有看到专为旅游设计的地铁或者公交票！

由于我们第一次操作，不是很熟悉，同伴就错买了18刀的票，尽管面值一样，但是使用效果却大不同，周票18刀可以不限次数地乘坐或转地面公交，但时间有限制，仅一周内使用有效；但是$18面值非周票每次使用后会扣除2.5刀，并且不能转乘地面公交，好处就是不限时间，一年内都有效。错买了想退也可以，但是手续比较烦琐，填写单子，并交付处理部门，钱会退还到你提供的银行账号。同伴觉得手续繁杂，也就算了，跟着我们后面逃了几次票也就过来了，反正都是＄18。波士顿的地铁逃票相对来说还是比较容易的，刷卡进去后只要动作快一点可以一次进两三个人是没有问题的，但被抓的风险也是有的。这就是社会诚信的问题，北美这一点确实比国人做得好，任何事情是以诚信为基础，国内什么都是以防为基础，当然老外逃票的也有，只不过相对来说少多了！这不能说国内的"防"就是错误的，任何一种制度的出台都是由它的环境和人文素质决定的。

我们住在离波士顿城比较偏远的地方，坐地铁出城到达终点站的倒数第二站下车还要转乘十几分钟的公交车。别小看这十几分钟的公

坐地铁红线就可以到达哈佛大学

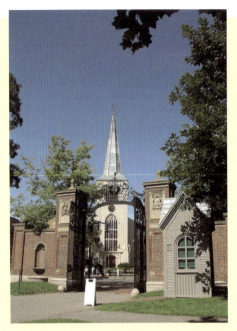

据说这就是哈佛大学的校长办公室，比起国
内一般的大学都显得寒酸多了

北美的高校很少见到国内那样气派、有标志
性的校门。哈佛的大校门没找到，但是二门
见了好几个，这就是其中之一。

许多的旅游团队争相在哈佛雕塑前留影

成长哲学

【你会管理你的时间么？】

1. 做你真正感兴趣、与自己目标一致的事情；2. 知道
你的时间是如何花掉的；3. 使用时间碎片和"死时
间"；4. 运用20%～80%原则：利用最高效的时间，
20%的投入就能产生80%的效率；5. 平衡工作和家
庭：划清界限、言出必行；忙中偷闲；闲中偷忙；注
重有质量的时间。

交，徒步需要半小时到四十五分钟。由于咱们到达的时候是周六，地铁及地面公交晚班结束的比较晚，到了周日我们还按照这个时间点回来，等待地面公交加上下雨，就在地面公交站台坐等，可一个半小时过去了，也没见一辆公交出现，按照我们做功课了解到的信息，最长的一趟间隔也不过一小时，我们赶紧查阅站台信息，才知道我们要坐的108路早就打烊了。本该八点左右就能回到宾馆，最后只好徒步回去，折腾到宾馆都快晚上十一点了。好在天公作美，步行中没有继续下雨。经验

哈佛大学图书馆，凭职工、学生ID卡刷卡进入

名校里也不缺烧烤啊。不知道这位烧烤师傅受大师们的学术熏陶后烤肉的味道如何啊？

再次告诉我们，每到一个地方除了要搜罗免费的城市交通地图外，还要查好回来的车次最早及最晚的班次时间。经验总是需要付出才能有效获得！

波士顿的景点其实不多，什么波士顿公园、昆西市场等等，真是没有什么意思，尤其昆西市场，人多嘈杂。当然一个环境的好坏与个人的心情是有很大的关系，我到昆西市场的时候，正值天气炎热，心情极度地烦躁，最想做的事情就是找一个带有空调的商铺席地打个盹。

到波士顿旅游，名校是不可错过的，比如哈佛大学、麻省理工学院，还是很值得一看的，特别是哈佛大学河对面的哈佛商学院环境非常优美。国际名校就是不一样，校园开放不说，它接纳全世界的游客，尤其以亚洲中小学生团队居多，其中中国和韩国为最。在这两所世界名校里，你可以自由进出，除了如图书馆和一些教学楼等场所需

任何地方有了水就有了灵性，哈佛、麻省都同样拥有了这条河

哈佛商学院摩根楼，应该与美国的
金融巨头大财团摩根有关系吧

要校内ID外，都对游人开放，办公区都如是。这跟国内的一些高校闭门谢绝参观的做法很是迥异。

波士顿的游玩其实两天就足够了，一天游玩市区，一天游玩高校。如果时间宽松，建议最好住到离城区比较远的地方，这样可远离城市的喧嚣，感受城乡差别，住宿的费用也还可以节省一些。我们由于预订的比较晚，加上那几天"管理专业年会"在波士顿召开，市区的旅店早已预订完毕，就连郊区的旅馆也很难找。

按照计划，我们7号上午10:00乘坐灰狗前往Big Apple（纽约）。

哈佛商学院一角。无愧于商学院，不说学术氛围，就这气派的环境就足以证明它的成功

麻省理工学院（MIT）的行政
大楼前，每天成千上万的游人
在这里参观游玩

河对面就是波士顿大学

去麻省理工学院途中遇见
自行车队，这车子够酷

行政大楼里大厅墙壁
上巨大的校徽

MIT行政大楼的走廊

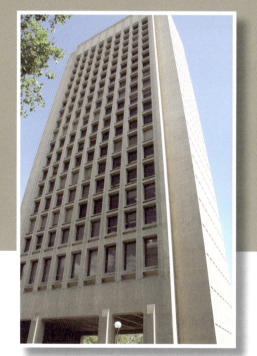

大学除了大师，大楼也还是要的

麻省理工学院 造型奇异的大楼

麻省理工学院校园一角

MIT的"保卫处"

MIT校园一角

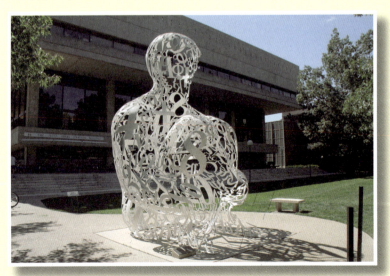

麻省理工学院(MIT)行政大楼对面的符号雕塑

老同学，差不多十六年没见过面。感谢老同学在
唐人街的热情款待。

成长哲学

【养成让自己进步的10个习惯】

1. 永远不说不可能；2. 凡事第一反应找方法，不是找借口；3. 养成记录习惯，不太依赖脑袋；4. 每天出门照镜子，给自己自信的微笑；5. 每天自我反省；6.用心倾听，不打断别人的话，作个倾听高手；7. 节俭，定期存钱；8. 遵守诚信，说到做到；9. 时刻微笑待人处事；10. 开会坐前排。

感受加拿大 纽约

纽约是美国的金融中心，也是世界的金融中心，所以谁都想来分一杯羹、咬一口，我倒觉得这更符合现在说明Big Apple的由来。

7号早上在波士顿旅馆吃过了免费的早餐，赶到south station。波士顿的地铁站、巴士站、火车站都是连在一起的，出了地铁站上到一层大厅拐个弯上楼就到了汽车站。从波士顿坐大巴到纽约大概需要4个小时左右，车费才＄11，终点站Authority Bus Terminal在纽约第8大街。

纽约没有我想象中的那么完美。街道在耸立的高楼大厦映衬下显得比较狭窄，许多的

纽约的街头1

纽约街头3

街道都是单行（one way），走在街道上，仿佛自己置身于井底，抬头仰望天空，犹如一线天，顿时感觉心闷。什么第五大道、帝国大厦，我没有见到它有多么的繁荣与伟岸。倒是Times square（时报广场，中国人一般译为时代广场）很有点像中国的某些大城市，到处是人头攒动，有人把它和上海的南京路步行街相比拟。满大街的巨幅显示屏，闪动着火热的广告信息，尤其是广场上有一块可以从中找到自己身影的大显示屏，可以用people mountain，people sea（人山人海）来形容了（直

纽约的街头2

译），不愧为世界的十字路口。

我们住在唐人街hester st的140号，离小意大利街很近。纽约的唐人街比多伦多的唐人街还要糟糕，臭气熏天，真的让人窒息，尤其是以中国人开的超市门前为最，经营的海产品脏水满大街的泼，你根本想不到纽约城里还有这样的地方。

纽约的地铁比较老旧，尤其是地铁站台上，夏天真的是没法忍受，地铁站里的温度至少比大街上的温度高出五六度，我无法想象那些坐在高楼大厦的写字楼里的人们整天西装领带的在地铁中穿行，他们是怎么忍受像蒸笼一样的地铁站的。纽约的地铁票也有周票，＄29一张，单次＄2.5，如果要在纽约待上三四天，那就还是买单次的比较划算，我们尽管买了周票，但基本上靠步行穿梭在纽约曼哈顿地区的大街小巷，以亲身感受所谓纽约的繁华，当然这是需要相当的脚力，验证了一句话：旅游就是花钱买罪受！

到纽约不得不提的就是购物了。大多数人到了纽约没有不去购物的，就连那些国内组织的中小学生夏令营到了纽约，也专门有一趟行程是去购物。我所知道的最大的购物商场在woodbury，全是outlet门店，将近两百多家，你要想全部逛下来去慢慢淘你的最爱，没有两三天估计很难逛遍。按照经验人士爆料，他们一般都是在去之前就已经看好了自己想要的物品及品

纽约的中国银行

GAP品牌的广告

时代广场

牌型号，到了之后直奔自己想要的品牌店直接采购。

　　Woodbury离纽约市将近100多公里，我实在搞不懂为什么将一个这么大的商场建立在那么个偏远的山区，难道是为了不跟市区的商品构成竞争？又或是为了拉动国外游客旅游增加消费，并借以增加国内的就业率？从纽约曼哈顿市区到woodbury的outlet大约需要一个小时的车程，各旅行公司发车时间不一，一般早上8:00~9:00发车，下午4:00~6:30返回，价格大多在＄35~40左右。在woodbury的outlet里，你可以看到许多人都拖着巨大的旅行箱购物，其中以中国人居多。来这里的大多是购买品牌衣服以及coach包的，的确在这里的商品比起市内的要便宜很多，而且税也要比加拿大低很多。在北美买东西跟中国的习惯很是不同，这种习惯让我现在都还难以接受，明明看中一款商品，价钱还能接受，但结账一看，远比你看到的价格高出许多，这跟国内的"明码标价"差距太大，这多出来的就是税！加拿大的税一般是商品价格的13%以上，美国的税是6%~8%，这就是为什么加拿大海关严查从美国入境过来的人，

纽约街头楼外的悬梯，逃生梯？

尤其是从尼亚加拉大瀑布彩虹桥上入境的。8月2号我们去尼亚加拉大瀑布，就有访学在outlet买了不少coach包放在咱们乘坐的van后备箱内，当然有些票据都是自己随身携带的，司机趁着我们逛大瀑布的空儿，去对面的美国加了趟油，可回来遇到了麻烦，因为他的车内放着很多coach包，而且司机也没有票据证明是在加拿大这边买的，加完油回加拿大入境时被加拿大海关给查住了，没有票据就请把包留下！于是司机只好空手回来取票据，才得以取回被扣押的coach包。物品还好说，吃饭更是恼火，明明不到10刀的饭菜，一结账可能就超过了13刀，除了税，还有小费！不过在美国的唐人街区域吃饭，有些餐厅貌似不给小费也是可以的！

到达woodbury后，凭你乘车票在outlet信息服务中心可以领取一本厚厚的减免费用的小册子以及一张简单的商场分布地图。这本小册子很是管用，上面基本上都有这个区域的各家商铺的折扣票，有的满＄100减＄10，有的满＄100后打9折，有的甚至满＄200减＄50或者5折，正是这些促销的折扣票让游人们在这里消费变得几近疯狂，有些折扣大一些的outlet里，几乎是抢购！来这里的人少则花费五六百美元，多则几

曾经的世贸大楼已定格在"9.11"，新的世贸大楼重建中

已经被人摸得通亮

许多夏令营团队都来华尔街转转

哥伦比亚大学

纽约州立大学

去woodbury的车票

自由女神啊

打折票的小册子

各品牌outlet店分布图

都是大包小包的，此人提的是什么？—— coach

抢购的啊，忘了拍几张托大行李箱的人们了

183

千，看着那些来自国内的游客，几乎每人都会购买coach包，其一般最便宜的价格也都在＄90以上，就连一个小小的钱包也在＄40以上。当然还有国人崇拜的Gucci在此也有，为了一探价格，我特进去转了一圈，很不起眼的包包也在三四百美元上下，不是一般地贵呀！人家卖的和买的不是包，而是品牌，是脸面，已经超出了包的实际功能！

Woodbury的outlet主要以服装、皮包为主，电器、名表类的很少，我只发现Sony一家公司在这里有outlet。对于只想穿品牌的人到这里来买衣服确实是一个不错的选择！

看过了纽约，最大的感慨就是高楼大厦耸立，地铁四通八达，物品极大地丰富，除此之外再也没有了。比较起来，还是多伦多舒服——宜居！

富兰克林大桥

纽约市貌一角

桥上的连心锁

纽约街头夜景

唐人街上的林则徐雕塑以及华
裔军人忠烈坊

华人酒店的中国山西竹叶青

唐人街的山西刀削牛肉面馆

美国的车市，福特 $ 6500

纽约大都汇艺术博物馆

成长哲学

【可遇不可求的十种贵人】

1、教导及提拔你的人；2、愿意唠叨你的人；3、愿意和你分担分享的人；4、愿意无条件力挺你的人；5、愿意欣赏你的长处的人；6、愿成为你的榜样的人；7、愿意遵守承诺的人；8、愿意不放弃而相信你的人；9、愿意生你气的人；10、愿意为你的人。

在美国纽约costco看见的表，惊人的价格！真奇怪，你见过商店不卖东西的么？在这里你不是会员就不卖你东西！

感受加拿大 华盛顿

华盛顿，美国的首都，也是我们美东十日游的最后一站！

由北到南，在地铁方面总体感觉是越来越小气了，从波士顿到纽约再到华盛顿，城市地图从免费任意拿到需要索取再到没有，票价也是越走越高了！尽管地铁比波士顿新一点，比纽约干净舒适一点，再没有那种蒸笼的感觉了，但地铁票没有了一票到底式的了，完全按距离收费，仅此还不够，而且每一张票要另附＄1的成本费。

首都毕竟是首都，干净多了，环境清新多了！没有了纽约的繁华，但也没有了纽约的拥挤与烦躁。

我们预订的酒店是在地铁站南向的最终端，一个非常偏僻的小镇，不过这里聚集了很多的宾馆，可能与这里靠近海边以及还有个高级的高尔

华盛顿自动售票机，最上面标示着到达各站之间的费用。中间白底红框的提示看见了没有，使用纸票需要多交$1的费用，按照它的这个意思理解就是纸票的成本费了。

我们住宿的Days Inn。

路边的广告牌："奥巴马支持同性恋结婚和流产，你呢？"

尽管你付了成本费一元，但是最终这张票还是要回收的，否则你出不了站。不过票面上印有中国的大熊猫，看着亲切。

夫球场有关系吧。宾馆设施不错，有泳池，提供免费早餐，房间也很宽敞，比起纽约的住宿，回想那简直就比蜗居还要蜗居。

我们在主要景点的活动路线，乘地铁到达1之后完全步行绕到2结束，当然这中间还有许多枉走的路，就如去五角大楼，本准备从桥上直接过去，竟然不通，于是在很不起眼的地方发现桥底下有小道能绕过去，尽管这点路程不算太远，但是步行到此地时已经是真的不愿再多挪一步了，累啊。

华盛顿纪念碑，如一把利剑与国会大厦和林肯纪念堂成一条直线排列着。

林肯纪念堂

去林肯纪念堂的林荫小道上，许多家庭整体出动，这种自行车很酷吧。

华盛顿大学。走过了不少名校，只有华盛顿大学的校园里到处标示着华盛顿大学的烙印。

最有特色的是华盛顿大学的地板砖，每块砖上都有一些字，这上面的应该是人名和毕业的年份吧，仅仅是猜测，有待专家的权威解释。

这里也同样标有华盛顿大学的字样。

知道这些小商贩的背后这个楼不？——白宫

中国城，也叫唐人街。走过了北美的大大小小的Chinatown，
只有这里的唐人街算是比较干净的，也没有异味。

餐后的小点心中夹有小纸
条，学习汉语传播中华文
化是个不错的方式。

店内的硬货也不便宜啊

唐人街上吃中餐，不便宜啊

国会大厦

本来已经网上预订了参观国会大厦的票了，但是考虑到时间的关系，就没有进去了。国会大厦的参观是免费的，但是限制人流，在网上可以预约门票，打印出来，凭票参观，一次可以预约多人。

远观杰弗逊纪念堂

准备向五角大楼进发。

总算找到这个通往五角大楼的通道。对面就是五角大楼了。

前方就是五角大楼。

这张纪念照来之不易呀，同行的几位都被要求删除了。

我们从这里上到这个通道桥上，因为下面的栅栏是敞开的，我们认为是可以进去参观的，一直走到上面的门卡那儿。

看见没，图片上右边有一个通道桥连接着五角大楼。后来来到这个位置拍照的时候又招来了警察。

就在这道门这儿我们几个人刚拍完照，也就是一两分钟的事，警察的车子就到了，要求我们把相机里的关于五角大楼的照片全部删除，包括远处照的。好不容易走到这儿拍了几张还要删除，实在不想删除这张了，按下了删除但没有真正按下删除确认，就故意往前翻，得以保留了这张，其他几位的基本全部删除了。同行的不甘心，到了另外一个侧面继续拍，就是上一张照片的位置，不过好在我们拍完就走了，刚走就又出来一位开车的警察，警告我们赶紧离开，不许拍照。

虽然五角大楼不让靠近，但是五角大楼的底下却是地铁站。

上通道桥楼梯口的地面有五角大楼标识。

回程从华盛顿杜勒斯机场到多伦多皮尔逊机场。杜勒斯机场有个免税店，很奇怪，在那里买东西，买好了不许你拿走，凭小票上飞机前有专人送达飞机口。回多伦多的飞机上，安大略湖边的标志性建筑CN tower就在眼前，最爽的事情就是在飞机上拿着GPS定位，看着自己在空中飞过的路线，竟然看到了约克大学的320、340、360、380四座大楼。

感受加拿大 超市的价格

在国内有许多商场都喜欢搞打折促销，商品明明卖的是原价，甚至比原价还要贵，但是铭牌上却标着莫须有的原价以及所打的折扣。加拿大的商场也有打折促销，每逢节假日或者周末多多少少总有一些商品打折。LOBLAW是一个类似于食品超市类的商场，位于多伦多的queen街上，恰逢今天九月一号是个长周末（就类似于中国清明节连周末的小长假，在加拿大每月都有一个长周末，如什么family day、维多利亚日等等，以便于家庭外出短途旅行等），LOBLAW也有打折，准备去买些菜及干粮等。

看中了蔬菜货柜上的400G装的豌豆，标价是2袋＄5，于是拿了两袋，结账时我留意了一下价格，竟然按照每袋＄2.99计算，我马上提出异议，说货柜上的价格是2袋＄5，如果是＄2.99一袋，那我只要一袋。收银员赶紧去核对物价，结果是"You are right，2for＄5"，于是给我销了价，重新按照2袋＄5计算。尽管没多少钱，但是明码标价买的是份明白。据说在加国就有这样的法律，如果标价和卖价不一致，消费者可以要求商家免费赠送所买的商品。我房东原来就在华人超市工作，常听她说在华人的超市里有那些老外专门"鸡蛋里挑骨头"，常常要求免费并恐吓要诉诸法律，有些老板不愿为了几元钱与其纠缠，常常也就息事宁人。

在加拿大西人的商场相对来说还是比较规范的，但是也不乏一些个别商贩使用小伎俩，如上次在vaughanmill的儿童服装店里，明明架子上的大标签标价是＄7一件，但是结完了账仔细看小票时，才发现并非如此，要高出许多。咨询收银员才知道，那个架子上有＄7一件的，但这件不是。按理来说，这就是商家故意采取了蒙混的手段欺骗消费者了，若是消费者发现了这种营销手段又不想买了怎么办？没关系，你若觉得你买的不合适，那你完全可以当场退货，甚至还可以拿回去穿上几天再来退货也没有问题。曾经有人戏称，只要你有那份闲暇，你可以每天穿到免费的新时装。这并不夸张，在加拿大的商店里买东西，你是可以凭你的购物小票退货的，除个别商店明显表示出门概不负责外，一般都是可以退货的。当然，一般人是没有那么多时间去做这种无聊的事情的。再说了，加拿大的那些郊外的大商场去一趟也不容易，坐公交来回一趟也得七八加元了。

投机倒把，买的永远没有卖的精。这是商场的运作规则和买卖中的至理名言。所以我常见一些西人在超市买东西时，手上都拿着纸张和笔边买边记录，有些是记录着自己要采购的物品，有些是记录着各个商品的价格以防被商家暗算呢？就如我的＄5两袋的豌豆！

感受加拿大 在加拿大上小学（1）

许多访问学者出国都会携带上孩子，体验一下西方教育，其实更多的还是想让孩子学学英语。但我等不是高富帅，也不是富一代，为了我等屡弱一代的下一代，能给他们创造条件的，还是要尽自己微弱的能力，希冀能赢在不拼爹的第二起跑线。为人父母嘛，总想让自己的孩子能够受到最好的教育，毕竟社会的残酷，谁也输不起。孩子来时忘了带打预防针的疫苗本，为了能在这上小学，辗转好几次总算是给捎了过来。

在加拿大有工签就可以替孩子在教育局申请免费公立学校就读。孩子该上哪所学校，完全取决于你的住

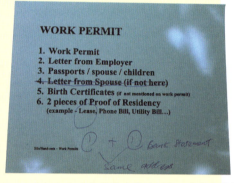

这就是去教育局时要携带的材料（第四条不需要）

报到时所需要携带的材料

所地。只需要你提供工签、护照、邀请
函、孩子护照、租房协议、银行对账单
（或者能够证明住址的信函，如：银行
对账单、话费单、水电费单，这当中最
简单的就是银行对账单，你可以直接去
银行开一个证明即可）。教育局将按照
你的住址给你分配学校，并出具一个函
件，这个函件就是报到时的首要文件，
开学报到时交给学校。

去学校报到时，须带上护照、教育
局的信函、疫苗本、家庭住址证明。一
般提前一周去报到，报到时将会有两张

教育局给开出来的就读函件，交给学校的。

表格需要填写，填的基本都是孩子的基本信息，以及家庭住址、联系方
式等等。随后工作人员会给你说明一些学校的注意事项，并给你写一张
名片，正面印有学校的一些基本信息，背面写上了学生的姓名、班级、
老师姓名、教室号、上学放学时间等。在安大略省的一些公立学校若是
有空位，在学校许可的情况下是可以跨社区就读的。

儿子给自己取的名字：Jerry

# 在加拿大上小学（2）

　　儿子来加已两月有余。对于这里的生活在他看来是既新鲜又无聊。新鲜的是这里有他从未见过的人、事、物，无聊的是没有可以说话的朋友，儿子如是说。

　　儿子自小就没有单独跟我生活过，再说了父子相向的毛病历来有之。但他还是比较理性，他妈要回国了，不得不留下来跟我相依为命。

给孩子准备的午餐：苹果、葡萄、小西红柿、西兰花、鸡蛋、炸鸡块。

他妈回国那天，他表现得很懂事，主动要求给妈妈做了一个炒鸡蛋。在机场送行时，算是强忍着没有掉眼泪，但是回来一路上显得很沉默。

小孩子的那种安全依赖感很强，有妈妈在一起的时候，我对他来说就是个多余的人。现在好了，上街都要拉着我的手，生怕被遗失在街头。这也好，趁着现在还能牵

上学第一天，全校所有学生每天早上8:45准时响铃集合，排队由老师带队进教室。

在教室门口留影ROOM209

在学校的操场上

手，就多牵牵吧，毕竟孩子在渐渐长大，牵手的机会就如同兑奖券，过期作废。

看着熟睡的儿子，听他轻轻地鼾声，心里却在担心他明天第一天上学的事。一个完全陌生的环境，语言不通，所有的一切都只能靠眼睛从别人的手势里去揣摩意思。尽管有点残忍，但是这是必须走的一道关，吃得苦中苦，方为人上人。

孩子早上8:40到学校，下午3:20放学，这之间的午餐自备，因为年龄小，一般不建议带需要加热的食物，只能是冷餐。真是难煞我，除了面包、鸡蛋、火腿肠、水果，还能带什么呢？

成长哲学

【13招自警提升个人能力】

1.每天读书 2.学习新的语言 3.战胜你的恐惧 4.升级你的技能 5.给未来的自己写一封信 6.承认自己的缺点 7.立即行动 8.向你佩服的人学习 9.减少在QQ上的时间 10.培养一个新的习惯 11.让过去的过去 12.送人玫瑰，手有余香 13.好好休息。

感受加拿大 在加拿大上小学（3）

　　通过最近的观察，儿子很明显喜欢上了这里的，倒不是说这里的环境，而是这里的学校，尽管语言还不能有效表达，但是他能跟大多数小朋友无障碍沟通，最主要的是这里的学校没有家庭作业，或者说这里的学校尽管都已经二年级了，但还像幼儿园一样。倒是做父母的"作业"不少，每天要看他的agenda，从他的歪七扭八的英语字母中去辨别今天上了什么课，明天该上什么课，再签上自己的大名。

孩子的agenda，＄5！这本agenda确实不错，是老师、学生、家长沟通的桥梁。

kingston 社区小学靠近chinatown，华人孩子比较多，所以在玩耍的时候都是英汉夹杂，只要是中国孩子在一起玩的时候，大多都是中文交流。这个学校自称为是国际学校，学校开设三门语言：英语是基础，法语是二外，但法语仅限高年级开设，汉语算是三外了，从一年级就开设。在课堂上除了中文课外，其他均是全英语教学，有时候孩子听不懂老师说的，也会偶尔回来问我。昨晚临睡觉时，孩子躺在被窝里问我"爸，pardon是啥意思？""谁跟你说这个词？"我问。"老师今天跟我说的，但是我不知道她说的是什么意思？"

　　加拿大的小学大多都是"复式"教学，可能是因为加拿大人口稀少的缘故吧，Kingston社区小学一二年级一个教室，总共18人，当地本土的"洋孩子"才7人。

成长哲学

【每天读一遍，不久你就会变】

1、别低估任何人。2、你没那么多观众，别那么累。3、温和对人对事。不要随意发脾气，谁都不欠你的。4、现在很痛苦，等过阵子回头看看，会发现其实那都不算事。5、和对自己有恶意的人绝交。人有绝交，才有至交。

感受加拿大 在加拿大上小学（4）

到达第一站，让孩子们先感受一下秋，再发放一下小点心，老师们带的东西也真够齐全，还带了很厚的地席。

老师们发放食物了，孩子们争先恐后地找taylor老师要着。

2012年10月18日）

今天孩子学校组织去公园活动——秋游Highpark。上周五就已经把需要签字同意外出郊游的表交了，昨天又把孩子乘车1的乘车费也让孩子带给了班主任。早上送孩子上学时跟老师交流了一下，想跟孩子一起去Highpark，班主任Ms.Longo老师表示同意，但是他们的志愿者已经够了。对于我来说，能让跟着去就行。

本次秋游主要是低年级1至4年级，总共也就三四十个学生。Kinston comunity school是复式教学，一二年级合班，三四年合班。去目的地直接搭乘公交TTC，每班

拿到了酸奶

班主任Ms. Longo在集合孩子们

在公园里，孩子们像放羊一样，到处跑着追着，老师也有无奈的时候啊，呼无应，喊不灵，但一声哨响，都乖乖地回到老师跟前站好队。

有三名老师照看，终点站就在highpark公园内。

　　孩子们是带有目的性出来秋游的——写生，尽管都是画画课程，但一二年级是使用蜡笔，把自己看到的画出来，三四年级相对来说就要高一个层次，painting，需要自己学会用颜料去配色，并作画。不少孩子的绘画表达的很有创意，那颜色搭配得恰到好处。至于画的什么内容老师是不会去干涉的，但是老师要让孩子们描述出来他们画的是什么，

每个孩子的书包上显眼位置都用红
头绳系着一个标签，上面写着学校
的名称、地址、电话，以防走失。

孩子们的队伍始终都要保持着
幼儿园时的队形，两人并排，
必要时还要hand by hand。

向第二个目的地进发，出
发之前，让孩子们排队上
厕所，先解决内急。

在池塘边看见一群野鸭，孩子们挪不动步了，叫着
喊着，老师停下来让孩子们观看。

*Taylor老师知道我们即将回国，一直在跟我说，机会很
难得，应该多拍些照片，留一些纪念。*

Mrs. Taylor给我们照合影

并告诉他们一些常识，如树干是哪一段，树枝又是哪一段，又该用英语
怎么说。真可谓实践教学法！

　　学校里经常有一些甜点、蔬菜、酸奶等snack，上下午各一次，当
然这些东西主要是靠捐助来的，前天就收到一份孩子带回来的捐款信，
一般捐款＄15，捐款＄10以上才可以给发票收据。出来秋游了，但是这
些甜点是不可少的，学校有专门的人员将这些教具以及食物送到指定地
点，在结束时再拉回去。

　　公园里设施齐全，露天摆放的有公共桌椅，公共厕所，饮水台，
游乐设施等等。这里值得一提的是游乐设施，不仅孩子们喜欢，大人们
也是乐在其中啊，一起滑梯、钻洞、秋千……不得不佩服加国的公共服
务设施，考虑周全，以家庭为单位，以人为本，服务周到。

继续朝目的地进发

到目的地第一件事就是开饭，吃饱了饭好干活嘛。孩子们拿出自带的午餐，各自享用

饭后孩子们在草坪上
尽情地玩耍

加拿大很多公共场所都有这种直饮水

饭也吃饱了，也玩足了，开始做
功课了，开始动手画作，一二年
级用蜡笔

中国妈妈就是这样，孩子不会调绛紫色，问了老师说用蓝红黑即可，妈妈嫌孩子慢腾，替孩子代劳了。

老师放好调色板，孩子们自己调色。

一二年级的孩子们各自画着，有时也七嘴八舌讨论着应该画什么，还不时地指责别人画得不够好。

玩累了，玩饿了，又该吃snack了

Ms. Lewis，三四年级班主任

目的地之三，游乐场

感受加拿大 僵尸大游行

2012年10月20日

加拿大奇怪的节日真多，基本上每个月都有一个节日，比如Family day、halloween等等，除此之外，还有许多的大游行。在国内一说到游行，可能就很敏感，甚至这个词都被网站屏蔽！其实在加拿大的游行大多都与政治无关，仅仅是一个乐子而已，僵尸大游行就是其中之一。

今天适逢僵尸大游行，很难得的一次亲临参与。各种奇怪的造型，血腥的令人呕吐，但是大家还是争相拍照，合影留念。"僵尸们"大多并不在乎赢什么奖，重在参与，乐在其中，大家玩的是一个开心，愉悦了自己，同时也取悦了别人。在快节奏生活的今天，大家都窝在家里趴在网上，能有一个活动让大家走出来，一起happy，是多么的难得啊。

给自己和社会减压的一种好方法。

【职场七智】

1. 示弱而不逞强，示拙而不逞能；2. 懂装懂是聪明，懂装不懂是智慧；3. 忍人之所不能忍，方能为人之所不能为；4. 身做好事，言说好话，心存好念；5. 大悲无泪，大悟无言，大喜无声，大爱无言；6. 心中有佛，常行善举，自净其意；7. 君子相交，随方就圆，无处不自在。

采访制造的僵尸创意造型

感受加拿大 华人的烙印

前几天看到一则报道，说世界游客差评中国排在榜首的美国之后，居第二，由此想到了旅居加拿大的华人们，他们在国外的言行举止又如何呢?

今天早上去社区排队，给孩子报名社区的一个活动——下午放学免费接送去社区参加活动小组，说白了就是免费替你接孩子到社区看管两小时，

社区有许多免费的课程

再免费把孩子给你送回家。社区开有各种学习小组，有家庭作业辅导、羽毛球、篮球、电脑、做饭、手工创意、自然科学等等，这些项目都可以自选，但是社区的招收名额有限。

排队这件事情在加拿大来说是再正常不过了，看病、等车、购物结账、领票等等都要排队。就拿排队领票来说吧，在加拿大的公共图书馆每周六上午九点可以排队领取一些免费的门票，包括动物园、博

唐人街　*spadina*

物馆、艺术馆或者一些大型展览。排了几次后的经验告诉我们，动物园的门票最难排，每个公共图书馆只在周六发三到四张，也就是说只有队伍的前三四名才可以领到。对于想拿到动物园的票，那就要辛苦点了，曾经有人早上5:00去排队，因为中间仅去上了个厕所，回来后得重排就排到队尾了。可见大家对排队的认真与重视！

今天排队想着应该没有这样激烈，当我们到达之后才发现，队伍已经排到18号了。就在我们知道本次招收20个名额的时候，一些排在后面的华人，都纷纷挤到熟悉的朋友前面加塞。我前面的老头让后面的一个女人加塞，我们提出异议后，老人家解释说那是他闺女，可他"闺女"进队之后他自己还在队伍里排着，老人出来时，却又被另外一女的顶替了，我们再次异议时，人家抛出一句话，你去告去吧！我们顿时无语！在国外你经常会看到许多热心人，当你看上去像是有困难了，他们都会很热心的去关心你，帮助你。上次我带孩子去公园玩，等车时孩子蹲在地上，一个热心的老太太经过时忙问孩子是不是饿了，或者渴了，因为她刚从超市出来，买了好

这是最近才拍的一张新的公告单（大概是10月26日拍的吧）

多食物，准备给孩子拿，我忙说谢谢，我们只是在等车。正因为老外这么热心，所以他们对一些不合常规的、侵害其他人的和公共的行为也会站出来指责，哪怕发生枪击案也在所不惜。指责有损公德行为在国内被称之为爱管"闲事"，既然是闲事，那就与己无关，国人都已经习惯了"各人自扫门前雪，莫管他人瓦上霜"，有些时候就连侵害到自己利益时也是能忍的忍一忍就算了，更别说现在扶摔倒的老人还有可能会惹上官司了。

尽管说这个免费接送看管孩子只有20个名额，但是发出的号码倒是不少，都排到了40多号以后了，有些排在后面"精明"的华人不好意思加塞的，但还是把主意放到了前面的熟人身上，让他们在一张单子上填写好几个孩子（一张单子可以填写三个孩子），这样一来，他们就可以排进前20名了。真是让人可气又可恨，占小便宜的毛病走到哪里带到哪里！这就出现了前不久在飞机上为了免费的饮料也能大打出手的事件。倒是一位拿着44号的老人，在一边悠闲地等着。我们与其闲聊得知，近十多年来加的华人大多来自福建，以福清为最，长乐也不少，只是最近东北人来的数量正在增加。他们以前大多以偷渡过来申请难民身份，取得加拿大国籍，享受加拿大政府养老待遇。但是近两年许多华人都是赶着过来养老，刚过来一两年就到了养老的年龄，导致加拿大政府开支过大，这也导致了近年来许多移民被拒，甚至加国内的养老年龄也在修法推迟。

近日，一篇在加拿大的中国籍留学生因在公路上飙车成功甩掉警车后炫耀的帖子引发很多人关注。不管是来自国内还是来自加拿大的声音，几乎都一边倒的批判中国人在海外的恶习。其实不仅仅在青年身上，很多所谓成功人士的身上的陋习也让老外难以接受。比如：随地吐痰、过马路不遵守红绿灯、相互攀比、在公共场所大声喧哗或吸烟、遇事喜欢找关系及私下解决等。随着中国移民的大幅涌入，此类恶习在世界各地的中国人聚集地迅速发酵并扩大，甚至已经逐渐影响到了各国的原住民。此类歪风邪气已然引起了各国政府和当地居民的担忧，因此，各国已经陆续出台或实际限制中国人入境的方式就不难理解了。

中国人走在哪里都很扎眼，不论是否在公共场所，很忘我的，自顾自的，高声交谈，用吵架似的大嗓门打电话，始终保留着这一传统模式的中国烙印！

成长哲学

【选领导团队的四个原则】

1、必须有理想有事业心有共同的价值观；2、个人能力要互补，不能都找能力相似的人。个人可以不足，团队不能有短板；3、每个人要有独立作战、独立发展的能力，这样，公司才有发展空间；4、团队不能太多人，喝酒时一桌一定要都坐得下。

怀念多伦多（1）

聊制度

2012年10月8日

今天是"heart of toronto waterfront 1–14"的第八天，适逢 thanksgiving day，孩子也放假，带他去玩了一天。每每参加这些活动，就有一个深刻的感触，孩子们有什么理由不爱这里？在这里每天除了学校里那一点点课堂知识，就再无家庭作业，在学校里孩子们基本除了玩还是玩，学校里体育、游泳、小点心、酸奶那都是孩子们的最爱，孩子们怎能不喜欢这里的学校？

在今天这个湖边活动中，都是孩子们非常喜爱的手工活动，还有免费的巧克力奶，免费的小礼物，不仅孩子们，大人们一样可以得到免费的巧克力奶和小礼物。我们悠闲地坐在地上，晒着太阳，听着现场的献唱，孩子们则玩着自己的手工作品。

回来的路上，搞教育学的刘老师突然问我，到底什么是社会主义？什么是资本主义？它们的区别是什么？我没有立即回答，却在脑海里努力地去寻找答案，依稀记得课本上曾说社会主义是按劳分配，资产

公有制，资本主义是资本家剥削劳动人民的血汗，资产私有制。刘老师见我没回答，提醒我说，"不要按书本上说的，就按照你所见到的和现在理解的来说吧。"我说："其实老百姓不关注什么社会制度，关心的是谁给他带来了实惠，让他过上了好日子。"我没有正面回答刘老师的问题。

成长哲学

【工作之道】

1. 不要抱怨什么，抱怨只能说明你无能。2. 公私要分明，别把单位当家里。3. 保持积极主动，以赢得把握的机会。4. 不要过分流露自己情绪，憋不住了最好说给自己听。5. 讲话不要啰唆，做事要讲求效率。6. 融洽同事之间关系，但别把同事当知心朋友。7. 少开口说话，多动手做事。

感受加拿大 怀念多伦多（2）

在加拿大当奶爸

2012年9月24日

早上孩子早早地就起来了，一直赖在房间里不见出门。我把早饭做好，摆上了桌子，连呼带叫，均不见动静。在孩子问题上让我最头痛的事情有二，一是让其写作业；二是令其吃饭（其实回国后令我头痛的依然是这两件），尤其是早餐，尽管时间比国内稍微宽裕，但也耐不住他吃饭磨叽啊。

我们这些房客们每次做饭跟打仗一样，三家租房客卡着时间做饭，见缝插针。本来还起了个早，7:25就起床了，把早餐做好就等着儿子赶紧吃完了，我好收拾了餐具早点送他去学校，无奈他的磨蹭。一股无名的怒火从心中烧起，加之最近老对我的话听而不闻，贪玩成性，弟子规说得好，"父母呼，应勿缓，父母命，行勿懒"么。尽管跟他说过，以后除了学习不认真以外挨打，不再收拾他，但是眼前的那个气呀，难以压制，伸出去的手就不想再收回来。人在冲动的时候是没有理性的，急红了眼，就狠狠地扇了一个他的嘴巴。儿子一般很要强，不哭，但是咱父子俩在一起，他却还使点小性子撒撒娇，偶尔还掉一两滴"金豆子"。但这次估计

放学途中

确实是打痛了，双手捂着脸哭。看着可怜又可气，不收拾吧叫不动，收拾吧总觉得孩子挨了打像小狗一样，除了哀号就是无助。既然收拾，那就好好地收拾一次，让他好长点记性。于是乎，照着他捂脸的手再假打几下。儿子最怕的就是我打他的脸，在他看来，打脸是对他莫大的惩罚。我呵斥他以后还需要我叫四五遍才出来吃饭不？儿子捂着脸，抹着眼泪摇着头说"不"。吃饭的时候，儿子嘟哝着嘴巴责问我："你不是说除了学习以外不打我了么？""那我叫你三五遍你都不应，上学迟到了怎么办？难道这还不要收拾么？""可是你不能打脸！"说着边掉眼泪边吃饭。我何尝想收拾你啊，只不过恨铁不成钢啊！当爹又当妈的没那么多时间和耐心跟你去讲道理啊。

晚上睡觉前，他找不到他昨天做的手工。说是手工，其实就是一张创可贴的包装纸，自己裁剪粘贴的小人剪纸，我上午打扫房间时给全部当垃圾清理了。谁知道他晚上发疯似得追问我要他的手工，我告诉他已经当垃圾清理了，他一下子就趴床上哭了。想起早上的挨揍，我还在自责自己的冲动呢，这又哭又抹眼泪的，于是心一软，承认错误并答应明天给他准备硬纸重做一个，这个时候我对他是有求必应。他这才稍稍安静了点，但嘴

55 Wales Ave "蜗居"房中

巴嘟哝着没完，数落着自己现在有多么惨："我在学校就不舒服了，回来还忍受你对我发脾气。"嘴巴虽嘟哝着，但眼睛却闭上了，没几分钟就睡着了，眼角还挂着泪。

在孩子的沟通问题上，最近稍微有所领悟。其实许多书都在谈怎么跟孩子沟通，怎么教育孩子，那只是纸上谈兵，有时候真的去做的时候还是有许多的困难。除非你是专职父亲或者母亲！在加拿大与孩子单独生活一月有余，对此有了不少感悟。孩子跟我都没有什么可说的，就算你问也问不出什么来，可他跟我们隔壁的夏老师却打得火热，阿姨长阿姨短的，叫的我都听腻了，可夏老师却总能够耐心地跟他对话，他也总能给夏老师讲一些学校里发生的事情。我揣摩，是不是孩子们喜欢大人们能够倾听他的心声并对他的说话要有反馈？应该是孩子们希望大人们能够把他们"当回事"，要注意他们的存在，而不是应付。从此我不再主动询问孩子在学校的事情，但对他有问必答，装作很耐心的样子。效果很明显，晚上他在写作业的时候突然问我：

参观 fire station

"爸，capital是什么意思啊？"

"怎么了，老师说这个词了么？"我问。

"嗯，老师老说这个词，还有个group又是啥？"儿子继续问。我给他一一作答。儿子这一发不可收拾了，又问："老师老说那句话，would I have 某某，后面的我不会说，那是啥意思啊？"儿子越问越多，说他听不懂的时候是怎么在班上解决问题的，还说他们在班上有几个好朋友，说他们上厕所是怎么要求的等等。这下不用我问，他自己就把班上发生的事情都说了。

成长哲学

【人生十大难处】

1、最难改变的是习惯；2、最难提高的是素质；3、最难把握的是机遇；4、最难控制的是情绪；5、最难处理的是关系；6、最难平衡的是心态；7、最难实现的是梦想；8、最难遇到的是知己；9、最难积累的是财富；10、最难超越的是自己。妈妈说："越难，就越要坚持。"

感受加拿大 怀念多伦多（3）

加拿大杂记

2012年9月27日

这是一个什么样的国度，每天不用上班工作，还可以去学校学习，学习还不用考试；每周可以去领取一批食物；每个月可以领取一笔生活费；每个季度还可以去领取捐赠的衣物。

我等一群比鸡起得早比狗睡得晚的上班族还不如他国的难民，情何以堪？

你可能怎么也想不到，在加拿大除了让你吃喝穿不愁外，还有生活补贴，换算成人民币，比一般的工薪阶层还要高许多，这就是在加拿大的难民待遇！

跟我一起蜗居的房客中，有两位来自国内××地的大姐，一个在英国待

加拿大大山行的西洋参

过两年，一个在澳大利亚呆过五年，都有丰富的国外生活经验，来加的目的是想打工挣钱。但加拿大没有工签是不可以打工的，打黑工工资低，而且是非法的！那怎么才能在这待下去还有保障呢？稳妥的办法只有一个——申请难民/移民！

2012年10月3日

早就盼着回国，但真的快要回国了却又高兴不起来了，倒不是说有多么留恋这里，就像今天去闲逛时跟缅甸的一个老板闲聊说的那样，如果要是有一份很好的工作，或许我会考虑喜欢这里，但是现在，我还是想回国！

老婆昨晚问我回去的东西买了没有，我一愣，买什么东西啊？你不给亲戚朋友们买点啥呀？老婆说。想一想真是那么回事，大大小小头头脑脑的，数起来还真不少！中国的场面上就是这样，你总得找亲戚朋友领导们办事吧！一想到这，我还真想赖着加国不走了，至少这里没有没有那么多的"繁文缛节"，人与人之间尽管有礼节或利益，但是比起国内的来简单多了，不必在意你穿什么，戴什么，开什么车，住多大房，你甚至上课也可以坐在讲桌上，人与人之间是一种平等关系。就像我老板说的那样，她来加拿大就是因为不适应国内生存环境。她说一次聚餐上，她觉得自己应该发表自己的观点，结果饭后同事告诉她犯了大忌，领导还没开口呢，怎能轮到你说话？

2012年10月7日

昨天由公派访学联谊会组织的去阿岗昆看枫叶，一路风景惹人眼醉，金黄的叶子在阳光下如金子般的发出黄灿灿的金光，红彤彤的犹如红绸布一样的鲜艳，那些碧绿的常青树，隐衬在红黄枫叶之中，犹如油画一般。

回来一路上各访学教授们深入地讨论着教育话题，从小学教育到博士招生，尤其是英语教育，各抒己见，褒贬不一，真可谓百花齐放、百家争鸣。但一个不争的事实就是：世界前50强的大学对本国的学生都不需要类似于中文、法语、西班牙语等非母语的外语成绩！中国是否也敢取消英语作为一个门槛呢？中国的学生花在英语上的时间比自己专业课都多，但是其结果又怎么样呢？

阿岗昆

怀念多伦多（4）

在多伦多上小学

2012年9月25日

昨天孩子带回来一张通知，写着"school photo day is coming to your school"，还听隔壁读五年级的毛毛回来说照相还要带＄2，但是没有听到孩子回来说到这个钱的事情。早上起来给孩子做好饭，找了件像样子点的衣服，顺便给了他一个＄2硬币，以防万一。

照相的通知在上周孩子带回来的通知单里就说到了，列有好多项目，说得也比较清楚，比方说照相时要穿色彩鲜艳一点的衣服，要给孩子理发，要教会孩子在照相时如何做笑脸等等。于是我周日就当起了理发师，给孩子理了个中国传统式的茶壶盖。

下午放学回来，我问孩子＄2的事情，孩子说交给老师了，并说全班就三个孩子交了。总之孩子是说不清，最后毛毛说了，这是捐款。想着也是，学校怎么会有这些缴费的项目呢！听他们俩在那辩论着＄2的事情，稀里糊涂地听出一点点头绪来，说是捐给什么已经死了的人。

每天孩子回来的第一件事我就是检查饭盒，看看吃完了没有。今天

还剩下了橙子和苹果，孩子解释说学校老师给发了生青椒、牛奶和别的什么点心之类。早知道这样我就不用费劲地给他准备放学饭了。孩子吃了根香蕉，四点就去了社区，今天社区的活动是羽毛球。加国在对待孩子的问题上从不马虎，在学校经常性的有一些免费的食物给孩子提供，以保证营养。社区不仅义务为大家照看孩子，教孩子一些技能外，有时候也有一些免费食物提供，真的让我们这些外来客很意外。社区今天的营养餐不错，孩子说还有什么"很贵的面条"吃。这些食物的来源我曾经关注过，像学校和社区经常有一些商家和慈善机构进行捐赠，就像上次我在公共图书馆上ESL课时，有个周末就提供免费午餐，由一个大公司赞助。学校也经常向学生分发捐款建议信，带回家给父母，多少随意，但是需要索取发票的则需要捐赠＄10及其以上。

这一两天，感觉孩子英语好像进步了不少，张口闭口就是yes和no，时不时地来个I want、I like 、Yummy、I am之类的，想必是英语思维了吧。

昨晚我们喝的稀饭，睡得比较晚，小嘴巴嘀咕着说："老爸，I am hungry。"有时还充当起了王大姐的英语老师，教王大姐发音。我在房间听着他和王大姐在餐厅的对话，好像王大姐在问自行车怎么说，儿子说bicycle。

王姐说：不是bike么？

王大姐接着问：why？

儿子回答道：no reason！

reason啥意思啊？王大姐问。

儿子回答得很干脆：这也不懂？ you are stupid。

感受加拿大

怀念多伦多（5）

医疗

2012年9月28日

一小瓶跟青霉素大小的B$_{12}$，注射了两个半月，今天总算是最后一次。

这个黄医生的门诊总是很繁忙，只要是上班时间总要排好长的队。还好，黄医生跟我说打针的每天下午6点钟左右过来就不需要排队等候。

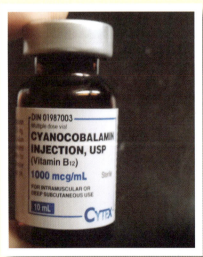

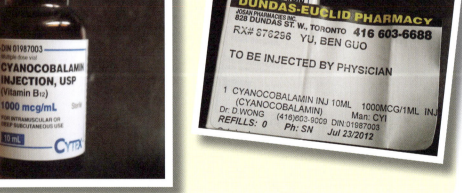

这一小瓶花了我 $13

于是我每周二总在下午六点钟左右去他的诊所。

黄医生诊所的前台秘书换了好几任，今天接待我的是一位新来不久的小姑娘，在给我量血压的时候，向我核实一些信息时知道了我的籍贯，并向我说她是2003年跟父母从合肥移民过来的，那时候她刚初中毕业。本科读的生命工程，想当医生，所以想继续念医科，已经申请过一次但被拒了，现在黄医生这实习，并学习一些医学基础知识，为今后再申请医科积累点工作经验。

在加拿大学医不是一件容易的事情，需本科读生命工程，毕业后再去申请读医科类的专业，其实跟国内的也差不多，只不过国内是七年本硕连读，在加拿大却是本科毕业后再申请。

都说加拿大医疗服务体系很好，但是这种医疗体制的背后也存在一些问题，尽管看病不像国内会倾家荡产，但这也是在拿性命做赌注，看似认真的加拿大人在治病方面的态度远不及中国。加拿大最大的特点就是排队，这看病也不例外，特别是一些大病，检查和做手术会等很长的时间，要预约手术室，要预约医师，有些小病等你预约上了也变成了大病，前段时间有报道：一名中国移民青年，因感冒发烧送到医院不足12天病死医院，据说在医院里只是发烧，医生没怎么管，后来可能引发肺炎，但一直没有得到及时的医治，竟衰竭而死。在国内可能早就打几瓶点滴解决了。另有一则消息，多伦多一名105岁的老妪在过去六年来一直在等待搬入一个长期护理院的名额，到现在也只是"可能"会被安置。管中窥豹，可以想象医疗、养老体系貌似很完善，但要被轮到，这个排队等候是何其的漫长。

感受加拿大 怀念多伦多（6）
移民

2012年10月3日

尽管加拿大现在对难民申请管的比较严格，但是对于申请难民的"难民"还是非常的人道，从你递交申请难民身份开始，政府就开始给你发放救济金，每月500多加币，另外还可以报销300多加币的租房费，

在国外，游行还是很凶的，总有许多吃饱了饭没事干的人，不过大多都习以为常了

至于吃的喝的，每星期都可以去社区申领，还可以领取捐助衣物。我也有好几次享受了朋友从社区领回来的难民食物！我认识一位已经申请过了的难民，每天在这就是接送孩子上下学，现在每天闲来没事，就去社区当义工，帮着发放难民食物。孩子们除了政府发放牛奶金，还有一些补贴，全家日子过得也是优哉游哉！

成长哲学

【搞清九个先后顺序，做事不费劲！】

1. 职场：先升值，再升职；2. 沟通：先求同，再求异；3. 执行：先完成，再完美；4. 学习：先记录，再记忆；5. 投诉：先解决心情，再解决事情；6. 人际：先交流，再交心；7. 先成长，再成功；8. 先站住，再站高；9. 先仿造，再创造。同意吗？

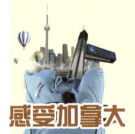

感受加拿大 怀念多伦多 （7）

2012年10月14日

　　快回国了，一直在张罗着回国该带点啥，跑遍了多伦多大小商场，好不容易看见合适的，准备下手，一看铭牌：Made in China。

　　中国制造（Made in China）让我们身在他国很是感到骄傲。走遍大街小巷，转遍各大商场，随处可见来自国内制造的各类商品，便宜的有不到一加币的钥匙扣纪念品，贵的也有几百加币的茅台，品牌代加工

领带也是 *Made in China*

很多质量很好的皮鞋，翻开里面
一看，清一色的 *Made in China*

安大略湖边的CN塔（多伦多）

Levis 皮带也是 Made in China

的更不必说，如：iphone、ipad、philips shaver，以及流行品牌的服饰、鞋袜、箱包等等，除了在国内不能利用国外的空气、水土等培植的之外，基本涉及各个领域，但是就算在国内不能利用国外的空气、水土等，可是聪明的国人却再进一步"蚕食"着国外的本土行业，国人正在他国购置土地从事农产品、花旗参等的种植，甚至在收购国外的各大酒庄。

十月份回国的访学，都在相互交流着，你要买些什么，我要买些什么，都什么价钱，在哪里有卖……，其中有位访学Bing说他想买个不粘锅带回去，并说这是网上流传的回国选购之一！让我惊讶，锅还要从国外带回去？再说了这些锅大多都是中国厂家制造的，为什么跑加国来买着带回去呢？Bing老师解释说，尽管中国制造，但是在国内是买不到的，只出口，在品质上有保证，国内买的都或多或少的存在质量问题，不是这个超标就是那项超标！怪不得许多东西都是在国内出口再转内销！

由此我想到一个问题，我们国家并不是不能生产高质量的产品，但为什么出口的质量就要比国内的高出许多呢？同样的商品，同样的厂家，出口给外国人使用的与给国内人使用的怎么就差别这么大？真有点老外使用中国货是享用"御用品"的感觉！

前天在costco采购，一位华人导购员向我们介绍costco的营销情况：costco是仓储式销售，也就是说有区别于小零售，它的大多商品不是一

服装 *Made in China*

手提包 *Made in China*

件件的卖，而是好几件捆绑式销售，适合于家庭大采购，这还不是它的亮点，它的亮点是会员制，尽管你有钱，但你不是costco的会员，对不起，你连costco的门都进不去，它就这么牛。会员分为三类，我们这次借的是黑卡（指黑颜色），可以转借使用并可以多人分开结账，每次采购会有2%的返点，不仅这些，最重要的一点是它有品质保障，不仅衣物、日用品等可以退货，就连你打开了的食品，你也可以拿来退货，这就是costco！当然，costco的会员卡不是免费的，会费贵得多达＄50！尽管如此，但是costco内的购物会员"川流不息"，连结账也要排起长长的队伍，不可想象的是costco连购物袋也不提供！如此牛气，销售却如此火爆！正因为如此的销售，从而保证了产品的质量，也因为如此的产品质量，造就了如此火爆的销售！

试问，国内的产品几时能够让人如此的放心！中国现在不再缺乏中国制造，缺乏的是中国质量！

最后收藏一枚"春晖"徽章

感受加拿大 怀念多伦多（8）
宗教

【注记：这篇写于2012年5月20日，一直没有发出来，原本想写一点关于西方宗教与社会影响的东西，苦于对宗教知识的缺乏，遂不敢妄言，于是仅以这个短篇做一记录，算是对加国见闻的一个补充！】

　　到了加拿大，宗教是个绕不过去的话题。由于对宗教没有深刻的理解，让我有太多的疑问。且听这栋房子的其他两位租客谈论关于宗教的话题：

　　蚤：我朋友说自己信基督教，但是纠结于佛教，哎，把我听得也很纠结。你信佛么？

　　行巩：相信！你信仰什么？

　　蚤：共产党员是无神论者，我对什么宗教都不信，但是我崇尚宗教的理念，崇尚的是他的为人处世原则！不崇尚他们所谓的"神"！比如佛教崇尚的是善，慈悲为怀，这都是很好的理念！但是世风日下，为善者几何？

　　行巩：感觉你西化了很多！

　　蚤：不管什么宗教，他们都有一个"神"，当然佛教讲的是"菩萨"或者"佛祖"吧，就像善男信女们口中常念叨的"菩萨保佑，佛祖保佑"。但是他们都会去崇拜这个"偶像"，这一点我不会接受。但是他们的教义中的善心、善行真的是值得发扬，在中国人心中的宗教，始终没有普及这一点。倒是普及了"为己"这一点，也就是希望菩萨、神保佑自己，从未考虑过自己该为别人去做点什么。如当官的想升官，经商的想发财，拜倒在神龛前可谓毕恭毕敬，可他们为了达到自己的目的不择手段，你说这样的人跪在神前，神该保佑么？这就是现代宗教方向的偏离——仅个人愚见！

行巩：中国人大多没信仰。

蚕：这就是为什么老外很怕中国人的一件事情，没有信仰的民族，他会什么都不怕，他没有神的约束，也不怕因果报应，无所畏惧。

我们是在无神论的指导思想下长大的，在我们的心底，宗教是什么东西？宗教果真只是寺庙与教堂里装神弄鬼的骗一些善男信女？如此说来，西方文明发达的国家都是一群傻子，去搞什么God！就连牛顿这样的牛人，年老后也去研究神了。到底是什么遮住了我们的眼睛，让我们看不清方向！在我们这个星球上有文明和发达的地区，也有愚昧和落后的角落，他们大多都有自己的宗教与信仰，可我们中国现在许多人眼里除了权与钱，什么都没有！我也想问一句：我们内心深处的"宗教"和信仰到底是什么？

 **感受加拿大** 再见了Canada

再见了，York University；

穿梭在ross building里，

享受那，

特有的pizza味中夹杂着咖啡的飘香，

国庆节在安省多伦多市议会大厦前升旗合影照

去大统华免费的viva；

还有那stong pond边肥胖的野雁，

360的枪声，

是所有对york的回忆！

我的蜗居

再见了，Toronto，

犹如安大略湖边梳妆的少女，

那云端的CN塔，

是你婀娜的身姿；

你叮当的笑声，

沿着赤亮的铁轨，

飘进大街小巷；

你脚下及地的长裙，

是那绿草茵茵的Highpark，

所有的这些，

永生铭记。

合影留念

再见了，Canada，

远渡重洋，

在这安逸的国度，

追寻生活的真谛。

学校里的各类免费报纸

约克大学校园一角

学生抗议学费游行

在室外上课

ross building教学楼

约克大学校园一角

白求恩故居

约克大学校园一角

Blue Mountain

Blue Mountain滑雪场

成长哲学

【职场修养20条】

1.换位思考；2.尊敬领导；3.小事不计较；4.为人低调；5.嘴甜；6.有礼貌；7.多听少说；8.感恩；9.守时；10.守诺；11.承受力强；12.平常心；13.赞扬别人；14.宽容；15.检讨自己；16.不争功；17.不辩解；18.衣着整洁；19.高效率。20.除非必要，别轻易说谎。

后记

　　这本书是我在加拿大做访问学者期间的生活记录，涉及我在加拿大的所见、所闻、所感，期间也包括在古巴、美国的旅行见闻。以我手写我眼、写我心，感触加拿大的教育、医疗、交通、移民、打工，以及社会文化等方方面面。观点、叙述不一定完全正确，可能有失偏颇、以点带面、以偏概全，但它确实是我真实的感受。

　　促使我出版本书是因为从加拿大回国后，一直有许多人在向我咨询出国该准备些什么，在国外又该注意些什么，尤其是许多即将出国的留学生和访问学者们，经常在网上向我询问这些问题。这让我想起我在加拿大写的这些生活日记，感觉到有必要将我的生活日记整理并出版出来，或许对想了解加拿大和即将赴加的朋友们有些帮助。

　　由于本人文字水平有限，在有些词句上或词不达意，恳请读者谅解。

余本国

2014年1月15日